당신의 밤을 위한
드라마 사용법

이 도서의 국립중앙도서관 출판시도서목록(CIP)은 e-CIP 홈페이지
(http://www.nl.go.kr/ecip)에서 이용하실 수 있습니다.
(CIP 제어번호 : CIP2020024055)

당신의 밤을 위한 드라마 사용법

2020년 6월 24일 초판 1쇄 발행
2020년 10월 28일 초판 2쇄 발행

지은이 | 김민정
펴낸이 | 孫貞順
펴낸곳 | 도서출판 작가
　　　　(03756) 서울 서대문구 북아현로6길 50
　　　　전화 | 02)365-8111~2 팩스 | 02)365-8110
　　　　이메일 | morebook@naver.com
　　　　홈페이지 | www.morebook.co.kr
　　　　등록번호 | 제13-630호(2000. 2. 9.)

편집 | 손희 양진호 설재원
디자인 | 오경은 박근영
영업 | 박영민
관리 | 이용승

ISBN 979-11-90566-11-7 03800

잘못된 책은 구입하신 서점에서 바꾸어 드립니다.

값 12,000원

당신의 밤을 위한
드라마 사용법

김민정

작가

차
례

0. 예고편 : 오늘 밤 그대와

2년 전, 나는 자신만만하게 내 인생의 장르는 '코미디'라고 생각했었다. (자세한 내용은 2018년에 출간된 〈당신의 삶은 어떤 드라마인가요〉를 참고하시길) 삶의 무게에 짓눌리지 않고, 행복과 불행 사이에서 적절한 균형을 맞추는 데 필요한 것이 '긍정' '웃음' '재미' '유머'라는 확신 때문이었다. 그때는 그것이 나의 최선이라고 믿었다. 웃자, 웃자, 웃으면 복이 와요.

지나친 운동이 몸에 해로운 것처럼 지나친 노력은 영혼을 아프게 하는 걸까.

아무 일 없이 평범하게 지나갈 것만 같던 어느 날 오후, 지인 소개로 처음 만난 A가 내게 물었다. 왜 그런 슬픈 이야기를 웃으면서 해요? 무척이나 신기해하던 그의 표정과는 달리, 나는 크게 한 방 맞은 것처럼 먹먹했다. 그때 무슨 이야기를 했는지 기억나진 않는다. 다만 내 안과 밖의 표정이 일치하지 않았던 것만큼은 확실하다.

내 마음이 복화술을 능숙하게 구사할 때까지 나는 도대체 무얼 한 걸까.

깨달음은 늘 뒤늦게 찾아온다. 내게 코미디는 안이 아니라 밖이었고 속이 아니라 겉이었다. 내 안의 어두운 밤을 감추기 위한 일종의 위장술이랄까. 웃는 얼굴은 나를 감싸는 재미난 포장지에 불과했다. 예전보다 하나도 나아진 게 없는데 얄팍한 편법만 잔뜩 배운 셈이다. 또 제자리걸음.

〈당신의 밤을 위한 드라마 사용법〉은 내가 서 있는 삶의 좌표를 점검하고 확인하는 과정에서 힘겹게 탄생한, 밤의 '은밀한 사생활'이다. 어떤 때는 인생의 조언을 듣는 마음가짐으로, 어떤 때는 위로와 격려가 필요하다는 절실함으로, 어떤 때는 다시 시작하겠다는 결심을 굳건히 하기 위해, 마치 한 사람의 인생을 들여다보듯 한 편의 드라마를 꼼꼼히 살펴보면서 나의 생각을 기록했다.

약속한 두 시간이 지나면 훌쩍 떠나버리는 영화와 달리, 드라마는 너그러운 자비를 베풀며 나와 함께 기약 없는 길고 긴 밤을 통과해주었다. 열여섯 시간은 기본이고, 나의 낮이 밤처럼 어두워지는 극한 상황이 불현듯 찾아오면 밤낮 가릴 것 없이 시즌을 바꿔가며 몇 달, 몇 년씩 내 옆을 지켜주었다.

안과 밖, 속과 겉, 그리고 나와 또 다른 나 사이에서 갈팡질팡하느라 이 책에 수록된 글들 역시 비평과 에세이, 의미와 재미, 낮과

밤, 그 사이사이를 오가며 쓰였다. 이름하여 '스토리텔링 비평', 드라마 스토리텔링에 대한 비평이면서 스토리텔링이 있는 드라마 비평이다. 비평 역시 작품 안에서 시작되어 그 밖으로 무한히 확장되는 또 하나의 스토리텔링이기에 이야기하듯 친근하고 편하게 나의 마음을 나누었다.

그리움을 남기듯 식사할 때마다 밥을 조금 덜어내는 사람, 가습기에서 뿜어져 나오는 하얀 수증기에 습관적으로 두 손을 가까이 대는 사람, 닫힌 창문 앞에 서서 낯선 타인의 뒷모습을 하염없이 지켜보는 사람, 자기도 모르는 사이 베개가 하나둘씩 늘어 침대가 아기 손바닥처럼 작아진 사람, 그리하여 밝은 낮보다는 어두운 밤이 길게 남아 있는 그대에게 이 책을 두 손 모아 드린다.

매일 밤 그대와, 나는 함께 있다.

봄도 여름도 가을도
모두 겨울밤,
김민정

1.
드라마로 읽는
일상의 미학

<워킹데드(The Walking Dead)> (미국 AMC)

네가 죽인 사람들이 생각날 때가 있어?

대학 다니면서 총 다섯 번의 미팅에 나갔다. 만나는 장소와 시간, 그리고 사람은 매번 달라졌지만 달라지지 않는 것이 하나 있었다. "어떤 영화 좋아하세요?" 아는 사람은 다 알겠지만 미팅이든 소개 팅이든 맞선이든 그걸 부르는 명칭만 다를 뿐 그것의 구성요소는 동일하다. 사람과 사람, 그리고 '이 사람은 누구인가'라는 집요한 탐 색전. 혈액형을 물어보고 별자리를 따지는 건 '열 길 물속은 알아도 한 길 사람속은 알 수 없다'는 그 '사람'을 이해하기 위한 필사적인 노력의 일환이다. "느 아버지 머 하시노?"라는 한 문장 속에 얼마나 많은 의미가 숨겨져 있는지 우리는 너무나 잘 알고 있다. 도대체 누 구냐 넌.

전쟁영화를 좋아한다는 나의 말에 살짝 당황해하며 커피 한 모금을 마시던 그 사람을 탓할 생각은 없다. 아, 그런 거 좋아하시는구나. '그런 거'가 뭔지는 잘 모르겠지만 전쟁이라는 단어에서 연상되는 수많은 연관검색어가 무엇인지 나 역시 잘 알고 있다. 죽는 사람과 죽이는 사람. 어떤 명분으로 시작된 것이든 전쟁이란 비극이고 슬픔이다. 그리고 공포다.

피비린내 나는 전쟁터를 무대로 펼쳐지는 이야기를 좋아한다고 말하는 여자는 어떤 사람일까. 왠지 타인의 감정에 무심하고 냉정하고 가끔은 잔인하다고도 생각되는, 그런 느낌이 아닐까 싶다. 조금 과장되게 이야기하자면 타인의 고통에 희열을 느끼는 사이코패스 같은. 어쩌면 이 글은 좀비 드라마 〈워킹데드〉에 대한 글이면서 〈워킹데드〉를 최고의 드라마로 꼽는 내 취향과 그걸 통해 드러난 '나'란 사람의 캐릭터를 고백하는 자리가 되지 않을까 싶다. 도대체 누구냐 넌.

'좀비'하면 떠오르는 이미지는 험한 몰골의 시체가 다리를 질질 끌면서 걸어 다니거나 산 사람에게 달려들어 살점을 게걸스럽게 뜯어먹는 모습이다. '전쟁영화'란 단어가 주는 폭력적인 느낌과 별로 다르지 않다. 하지만 나로서는 억울한 감이 없지 않다. 전쟁영화가 그냥 단순히 사람을 죽이는 영화는 아니지 않은가. 〈라이언 일병 구하기〉(1998)를 라이언 일병 한 명 구하기 위해 수십 명이 비참

하게 죽어 나가는 잔인하고 매정한 영화로 기억하는 사람은 없을 것이다. 혹여나 그런 사람이 있다면 '전쟁이란 극한 상황에서도 인간의 고귀함이 어떻게 발현되는가'에 관한 진지한 메시지를 전달한 스티븐 스필버그와 그에게 아카데미 감독상을 안겨준 심사위원들, 그리고 그 뜻에 공감하여 돈 주고 그 영화를 감상한 수천만 명 관객들의 얼굴을 하나씩 떠올리며 명상의 시간을 갖길 바란다.

분명히 말하건대, 중요한 것은 '사건'이 아니라 '사건을 대하는 태도'다. 뒤늦게 영접한 〈워킹데드〉(2010~2019)를 시즌 8까지 한 달 만에 돌파한 것은 흥미진진한 스토리 덕분이기도 했지만 내가 만약 저 상황이라면 어떻게 행동했을까, 나는 과연 어떤 캐릭터와 흡사할까, 라는 마음의 소리를 듣는 일에 집중했기 때문이다. 〈워킹데드〉는 죽은 자들이 다시 살아나 무차별적 공격을 퍼붓는 세상에서 생존을 위해 치열한 사투를 벌이는 사람들의 이야기로, 등장인물을 크게 산 사람과 죽은 사람(좀비)으로 분류할 수 있다. 그런데 사실 드라마를 보다 보면 그 경계가 무의미해진다. 중요한 것은 좀비로 가득 찬 세상이 아니라 극한 상황에서 '어떤 삶'을 사느냐, 다.

별 비중 없이 나왔다가 사라졌지만 내 뇌리에 오래 남은 사람이 한 명 있다. 닥터 제너.

극중 생존자들은 바이러스 백신과 안전한 보호처를 찾아 존재도 확실하지 않은 질병통제센터로 향한다. 우여곡절 끝에 도착한 그곳에서 한 달 넘게 연구실에 갇혀 지내던 유일한 생존자를 만나게 된다. 그가 바로 제너 박사다. 이제는 안전할 거라고 믿은 생존자들과 달리, 그는 좀비로 변한 아내까지 실험대상으로 삼았음에도 불구하고 바이러스 퇴치 연구에 실패하고 무기력한 상태다. 나머지 연구원들이 모두 도망가거나 자살한 상황에서 그는 센터를 폭발시킴으로써 스스로 삶을 마감할 작업을 이미 해놓았다. 얼마 후 엄청난 굉음과 함께 그는 센터와 함께 잿더미로 변한다.

현재 시즌 9가 방영 중이라는 걸로 짐작할 수 있겠지만 생존자의 대부분은 끝까지 자신의 삶을 포기하지 않는다. 비록 수많은 좀비에게 생명의 위협을 받게 될지라도 그들은 센터를 탈출하여 새로운 모험에 나선다. 그들의 삶은 그렇게 새로이 시작된다. 얼핏 제너 박사가 '더러운 꼴' 안 보고 고결하게 삶을 마감한 것 같이 보이긴 하지만 그는 결국 삶을 포기한 사람이라는 것을 〈워킹데드〉 보는 내내 깨닫게 된다. 그가 죽고 나서 많은 사건·사고가 있었고 많은 사람이 죽었지만 사람들은 여전히 낯선 타인과 사랑에 빠지고 아기를 낳고 미래를 꿈꾼다. 드라마가 오랜 기간 인기를 유지할 수 있었던 것도 희망에 대한 생존자들의 '강한 의지' 덕분일 것이다. 희망은 그냥 주어지는 것이 아니라 노력해서 얻는 것이니까.

켄터키주 작은 마을의 부보안관 '릭'을 중심으로 생존자들은 좀비들과 싸우면서도 인간의 존엄성을 잃지 않기 위해 부단히 노력한다. 그중 가장 눈에 띄는 건, 대릴 딕슨이다. 형과 함께 떠돌이 생활을 했던 그는 다른 생존자들이 가까이하기엔 너무 거칠고 어두운 남자다. 하지만 캐롤의 어린 딸 소피아가 실종되자 그는 누구보다 먼저 소피아를 찾아 나선다. 며칠이 지나고 사람들이 하나둘씩 포기하는 상황에서도 그는 끝까지 아이를 찾아 나선다. 그 과정에서 여러 명이 죽을 고비를 넘기고 심지어 생명을 잃기도 하지만 그 과정을 함께 견뎌내면서 생존자들은 좀비를 죽이는 '살인자'에서 동료를 구하는 '사람'으로 다시 태어난다. 자신의 안위를 위해 타인의 고통을 외면하는 비인간적인 삶보다는 누군가를 위한 희생, 즉 인간적인 죽음이 인간을 인간답게 만든다. 극중 허셀 그린의 대사처럼 "우리가 아는 문명사회는 사라졌지만 인간성을 지키는 건 우리의 선택"이기 때문이다.

안타깝게도 드라마가 진행될수록 대립 구도는 '인간과 좀비'에서 '인간과 인간'으로 전환된다. 자신을 구해준 사람을 좀비의 먹잇감으로 밀어 넣고 혼자 도망가는 사람, 자신의 권력을 지키기 위해 무자비하게 사람을 고문하는 사람, 자신의 기분을 상하게 했다는 이유로 철사를 두른 야구방망이로 사람 머리를 뭉개질 때까지 내리치는 사람… 〈워킹데드〉에서 가장 무서운 것은 더 이상 좀비가 아니다. 사람이다. 가버너에게 잡혀가 모진 고문을 당한 글랜은 연인 매기에게 이렇게 말한다. "워커들에게 쫓겨 다니느라 인간들이 어떤 짓을 하는지를 잊었어."

시즌 8이 되면서 드라마는 절정으로 치닫는다. 죽고 죽이는 싸움이 생존자들 사이에서 치열하게 벌어진다. 자신과 다른 공동체에 속했다는 이유로 그 사람은 죽어야 하는 운명이 되고 나는 그 사람을 죽여야 하는 운명이 된다. "우리가 워킹데드"라는 생존자의 고백은 그래서 깊은 울림을 준다. 삶과 죽음의 경계는 생명의 유무로 결정되는 것이 아니다. 중요한 것은 '인간답게' 사느냐이다.

〈워킹데드〉의 생존자들은 낯선 타인을 자신의 공동체에 들이기 전에 세 가지 질문을 먼저 한다. 일종의 자격시험이다. 워커는 얼마나 죽여 봤나요. 사람은 몇 명 죽여 봤나요. 왜 죽인 건가요. 이걸 왜 묻는 건지, 어떻게 답해야 합격인 건지 드라마는 말해주지 않는다. 어쩌면 그 질문들은 질문 그 자체로서 의미가 있는 것인지 모른다. 자신이 어떤 사람인지 스스로 생각해보길 바라며, 삶이 아닌 생존을 사는 사람들에게 아주 잠깐이나마 인간으로 돌아갈 시간을 주는 것이다.

도대체 누구냐 난.

〈워킹데드〉에서 내가 목격하는 것은 먼 나라 미국의 가상 세계가 아니라 지금 여기 내가 사는 세상의 이면이다. 어쩌면 그건 내가 애써 외면해왔던 '오늘'의 그림자일지 모른다. 그동안 내가 대학에 들어가고 취직을 하는 과정에서 얼마나 많은 사람의 절망과 슬픔을 딛고 여기까지 왔는지. 매달 〈쿨투라〉에 드라마 월평을 연재하면서 한 편의 드라마를 집중 조명하는 동안 얼마나 많은 드라마가 찰나의 시선도 받아보지 못한 채 사라져갔는지. 결국, 이 순간에도 나는 '워킹데드'라는 굴레에서 자유롭지 못하다. 〈워킹데드〉에 나타난 약육강식의 세계는 '지금 여기 우리'의 세계와 다르지 않다.

　도대체 누구냐 우린.

<도백꽃 필 무렵> (KBS, 극본 임상춘, 연출 차영훈)

봄봄, 봄이로소이다

<응답하라> 시리즈(2012~2015) 이후 오랜만에 온 국민이 한마음 한뜻으로 '누군가'를 찾았던 것 같다. 물론 이번에는 남편이 아니라 살인범, 로맨스가 아니라 스릴러였지만. 그렇다고 그 결과물이 사랑스럽지 않았던 것은 아니다. 살인범 '까불이'의 등장으로 남녀 주인공의 애정전선은 더욱 돈독해졌으며 그들을 둘러싼 옹산 주민들의 연대의식은 전우애라고 불러도 될 만큼 강해졌다. 그러니까 까불이는 잔인한 연쇄살인범인 동시에 드라마 속 모든 로맨스의 촉매제였다.

<동백꽃 필 무렵>(2019)에는 다양한 유형의 사랑이 넘쳐났는데, 남녀 사이 로맨스만 사랑이겠는가. 엄마와 아들, 할머니와 손자, 엄

마와 딸, 남편과 아내, 친구와 친구… 옹산 게장 골목은 소소한 영웅들이 꽃피우는 사랑과 우정과 인류애로 언제나 시끌벅적했다. 착한 사람이 이기는 드라마는 많지만 착한 사람이 더 많은 드라마는 별로 없다. 소수의 영웅이 세상을 지키는 이야기가 아니라 소소한 영웅들이 세상을 살아가는 이야기. 한 마디로 〈동백꽃 필 무렵〉은 소소하고 시시한 일상, "죽고 싶지만 떡볶이는 먹고 싶은" 평범한 나와 우리의 삶을 향한 따뜻한 찬사였다.

진심 어린 격려에 응답하듯 6%대로 시작했던 드라마의 시청률은 점점 상승세를 타다가 마지막 회에 23.8%로 정점을 찍으며 기세등등하게 종영했다. 누가 지상파 미니시리즈의 위기라고 했던가. 〈동백꽃 필 무렵〉의 열풍은 가히 신드롬이라 일컬어질 만했다. 극중 뜨겁게 타오르는 사랑을 고백하는 용식에게 동백은 말한다. "용식 씨, 만두는 김으로도 다 익잖아요. 안 끓여도 익잖아요. 우리 그냥 불같이 퍼붓지 말고 그냥 천천히 따끈해요." 사랑도 삶도 드라마도 그런 것이다. 천천히 따끈하게. 오래오래.

"아주 죽어요. 행복해서."

뒤늦게 깨달은 것이지만 이 대사는 '황용식'의 입을 빌려 작가가 시청자에게 한 말임이 분명하다. 드라마가 방영되는 동안 우리는 설렘과 떨림, 그리고 두려움 사이에서 수없이 방황했다. 향미가, 동백이가, 동백이 엄마가 죽는 건 아닌가, 하고. 이 정도로 집요하게 사람들을 천천히 오래오래 마음 졸이게 했으면 연쇄살인범은 까불이가 아니라 임상춘 작가 본인이다.

드라마의 대박흥행으로 드라마 작가를 향한 관심도 덩달아 높아졌는데, 지금의 〈동백꽃 필 무렵〉에 대해 이야기하려면 그녀의 전작 〈쌈, 마이웨이〉(2017)를 빼놓을 수 없다. 박서준, 안재홍, 김지원 등 쟁쟁한 배우들이 출연한 것도 화제였지만 무엇보다 대중의 이목을 끌었던 것은 주인공의 직업이었다. 로맨스드라마에 꼭 나올법한 인물들, 즉 재벌이나 연예인 대신 백화점 안내원과 해충 박멸 업체 직원이 남녀 주인공 자리를 꿰찬 것이다. 제목 그대로 그들만의 위풍당당 '마이웨이'라고 해야 할까.

〈쌈, 마이웨이〉의 묘미는 결말 부분인데, 남녀 주인공이 사는 빌라의 집주인이 나중에 여자 주인공 최애라의 엄마로 밝혀진다. 시청자는 드디어 보증금 400만 원에 월세 20만 원을 내며 근근이 살아가던 주인공이 가난을 벗어나 또 한 명의 신데렐라가 되겠구나 예상하고 또 기대했다. 재벌 남친이 없으면 건물주 엄마 정도는 있어 줘야지, 그게 로맨스드라마의 예의지, 하는 마음으로. 하지만 20여 년 만에 등장한 친엄마는 한껏 기대감에 부풀어 "그럼 나 이제 금수저인가?"라고 묻는 딸에게 "빚이 수억"이라는 말로 무덤덤하게 응대한다. "내가 이렇다니깐. 뭔 놈의 인생이 이렇게 반전이 없냐고."

이렇듯 〈쌈, 마이웨이〉에는 출생의 비밀이 등장하지만 드라마틱

한 성공기나 반전은 없다. 〈동백꽃 필 무렵〉에서도 출생의 비밀이 등장하고 그 결과 미혼모 동백의 아들 필구에게는 연봉 수억 원대의 유명 야구선수 생부가 있음이 밝혀진다. 하지만 동구는 여전히 엄마 동백과 시골 마을 옹산에 살고 동백은 창문 하나 없는 창고에서 술집 까밀리에를 운영한다. 아무것도 달라지지 않는다.

화려한 출생의 비밀은 인생 역전의 기회가 아니라 지금 여기 그들의 평범한 일상이 얼마나 소중한지 확인하게 해주는 장치로서 기능할 뿐이다. 필구는 아빠네 집에서 살다가 다시 가난한 엄마 곁으로 돌아온다. 하지만 그들의 행복은 절대 가난하지 않다. 오히려 유명 야구선수와 SNS스타 부부보다 풍요롭다고 해야 할까. 그들과 비교하면 동백과 필구는 '슈퍼리치' 수준이다. 〈동백꽃 필 무렵〉은 미혼모 동백의 작지만 당찬 '마이웨이'다. 한국미혼모가족협회에서 드라마 제작진에게 괜히 감사패를 전달한 게 아니다.

연쇄살인범 까불이가 동백에게 '까불지 마'라고 수시로 협박 메시지를 전달하고 동백 옆에 있는 사람들이 하나둘씩 살해당할 때도 동백은 절대 주눅 들지 않는다. 언제 어디에서 나타나 자신을 죽일지 모르는 살인범의 존재를 왜 그녀라고 무섭지 않겠는가. 하지만 그녀는 까밀리에에서 양파를 다듬으며 꿋꿋하게 자신만의 하루를 살아낸다. 결국 까불이를 잡은 것도 강력계 경찰이 아니라 동백이다. 맥주잔으로 그녀는 무시무시한 그 살인범의 뒤통수를 후려갈겨 버린다. 그리고 그 장면에서 용식의 내레이션이 의미심장하게 흐른다.

"동백 씨는 내가 지킬 수 있을 줄 알았는데 동백이는 동백이가 지키는 거다."

"까불이건 아니건, 북에서 땡크로 쳐 밀고 들어와도 동백 씨는 지"킨다던 그 경찰 황용식은 그럼 도대체 여태까지 무얼 한 걸까. 그래도 명색이 드라마 남자 주인공인데.

동백에게 사랑과 존경을 주는 것으로 용식은 의무를 다한다. "남들 같았으면요. 진작에 나자빠졌어요. 근데 누가 너를 욕해요. 동백 씨 이 동네에서요. 젤로 세고 젤로 강하고 젤로 훌륭하고 젤로 장해요." 스스로 자신을 지키는 동백이지만 그녀가 그렇게 변화하게 된 배경에는 분명 황용식의 사랑과 존경, 그리고 절대적인 지지가 있었다. "나는 길을 걸을 때 땅만 보고 걷는 사람인데 이 사람이 지금 나를 고개 들게 하니까 이 사람이랑 있으면 내가 막 뭐라도 된 것 같고 자꾸 '너 잘났다, 훌륭하다' 막 지겹게 얘기를 하니까 내가 꼭 진짜 그런 사람이 된 것 같으니까 나도 화딱지가 나. 더는 안 참고 싶어진다고."

까불이가 까불지 말라고 동백을 협박할수록 동백은 더욱더 참지 않고 까불기 시작한다. 그렇게 까불까불 그녀는 점점 행복해지고 사랑스러워진다. 〈동백꽃 필 무렵〉의 명장면 하나. 동백의 첫사랑이자 필구의 생부가 동백을 찾아와 재결합을 요구할 때 용식은 당당하게 소리친다. "강 선수님, 동백 씨 나랑 있어서 이쁜겨. 잘 함 생각해봐. 동백 씨 니 옆에 있을 때 맨날 울상이었지. 내 옆에 있으면은 맨날 이뻐. 드럽게 잘 웃어."

우리도 잘 함 생각해보자. 옹산 시장을 꿈꾸던 '노땅콩' 노규태가 잘나가는 변호사 부인에게 이혼당하고 살인 용의자가 되기까지 무슨 일이 있었는지. 노규태가 향미와 얽히고 얽힌 사이가 된 것, 그러니까 모든 사건의 시작은 노규태에게 건넨 향미의 '존경해'라는 한마디 말 때문이었다. 자신을 믿어주고 존중해주는 사람, 그런 존재의 유무가 한 사람의 인생에 얼마나 큰 영향을 끼치고 또 끼칠 수 있는지 노규태의 불행을 통해서 우리는 소름 끼치게 확인해볼 수 있다.

존경, 존중, 믿음, 그리고 사랑. 열 살 꼬마도 아는 평범한 진리 안에서 임상춘 작가의 있는 그대로 인정하고 보듬어주는 '마이웨이'는 다시 한번 빛을 발한다. 〈동백꽃 필 무렵〉에서 절대 빼놓을 수 없는 매력 포인트가 바로 인간을 바라보는 따뜻한 시선이다. 임상춘 작가는 드라마에 나오는 인물 중 누구 하나 소홀하게 넘어가는 법이 없다. '영심이'만 해도 그렇다. 그저 그런 이름만 등장하는 엑스트라인 줄 알았는데, 영심이는 범인을 추적하는 결정적인 CCTV 화면을 가진 동네 주민으로 존재감을 과시하다가 나중에는 경찰서장과 썸 타는 관계로 드라마의 훈훈함을 더하며 모든 로맨스의 화룡점정을 차지한다. 이뿐이겠는가. 비극적인 죽음을 맞이한 향미도 동백과 용식 사이에서 낳은 딸에게 본명 '고운'을 물려주는 것으로 부활한다. 이렇게 극중 차지하는 역할이나 비중과 무관하게 모든 등장인물을 따뜻하게 품는 작가가 정녕 신이 아니면 누가 신이 될 수 있겠는가.

아, 그 이름 임상춘(春), 그녀는 봄이로소이다. 아니, 신이로소이다.

동백꽃은 이미 우리 삶 속에 활짝 피어 있다. 아주 믿음직스럽게.

과연 선은 악을 이길 것인가

어린 시절, 엄마는 늘 말씀하셨다. 죽고 사는 일 아니면 무조건 양보해라.

'양보'라는 게 얼핏 들으면 배려심 넘치는 말 같지만, 한국이 좁게만 느껴졌던 꿈많은 어린 소녀에게는 비겁한 감이 없지 않았다. 도대체 뭘 포기하고 왜 물러서란 말인가. 더는 자랄 게 없을 만큼 성인이 되었을 때야 비로소 그 말씀의 진의를 이해했다. 자식을 둔 부모의 마음이란 늘 불안과 초조의 연속이라는 것을, 나로 인해 이 세상에 태어난 연약한 생명체를 향한 끝없는 염려와 걱정에서 비롯된 맹목적 사랑이라는 것을. '무조건 양보해라'는 '건강하게만 자라다오'의 또 다른 버전이었던 셈이다.

신기한 것은 나이가 들수록 점점 그 말씀을 지키기 어려워진다는 사실이다. 양보하고 말고의 문제가 아니다. 무엇이 죽고 사는 문제인지 그 경계가 점점 모호해서 양보해야 할 때와 그러지 않아야 할 때를 구분하기 어려웠다. 성인이 되면서 상황은 훨씬 복잡한 양상을 띠었다. 수십 수백 개의 이해관계가 얽힌 상황에서 여러 가지 변수와 장단기적 관점을 두루 살피지 않을 수 없었다. 내가 지금 물러서면 그것이 지금 내 생명에 지장은 없을지 몰라도 훗날 이런 저러한 경로를 통해 내 미래에 위협요소가 될지 모르는 일이었다.

이 글을 쓰는 지금 이 순간에도 나는 정말 궁금하다. 나이가 들수록 점점 더 알고 싶다. 뭔가 깨달은 듯하다고 느끼는 순간, 그 모든 것이 무너지는 사건이 발생하고 다시 제자리로 돌아온다. 도대체 어떻게 살아야 하는 걸까. 무엇이 선이고 무엇이 악일까. 백악관 배경의 시즌제 미국 정치드라마 〈지정생존자〉(2016~2019)가 한국에서 리메이크된다는 소식을 듣고 몰아보기 한 것은 그 때문이었다. 드라마 〈미생〉(2014)이 직장인의 손자병법으로 인기를 끈 것처럼 또 하나의 자기계발 드라마가 등장했구나, 생각했다.

"대통령 국정연설이 열리던 날, 폭탄 테러로 한날한시 모든 게 사라지고 승계서열에 따라 지정생존자인 주택도시개발 장관이 원치 않는 권력을 잡고 대통령 권한대행을 해가며 벌어지는 일을 그린 드라마."(한국 리메이크 드라마에서는 환경부 장관이다.)

음, '원치 않은 권력'을 잡은 대통령이라니. 이건 빨리 어른이 되어 회사에 가고 싶다고 졸라대는 여덟 살 조카보다도 더 이해하기 어려운 상황이었다. 외계인의 침공에 맞서 지구를 지키는 카리스마 넘치는 대통령은 있었다. 권력의 중심에서 밀려나지 않기 위해 정적을 무참히 살해한 야심 넘치는 대통령도 있었다. 그런데, 원치 않은 권력을 잡은 대통령이라니.

대통령은 권력과 야망, 그리고 성공의 또 다른 이름 아니었던가. 이쯤 되면 백악관을 배경으로 한 또 다른 미국 정치드라마와 비교하지 않을 수가 없다. 버락 오바마 전 대통령이 추천했다고 해서 명성을 크게 얻은 〈하우스 오브 카드〉(이하 〈하우스〉). 이 드라마는 주인공이 대통령 되기까지의 과정을 치열하게 보여준다. 욕망의 수직이동에 관한 최고 버전이랄까. 현재 시즌 6이 방영종료했다.

〈하우스〉와 달리, 〈지정생존자〉의 주인공은 이미 대통령이다. 시작점이 다르다 보니 당연히 〈지정생존자〉는 대통령이 되기 위한 주인공의 욕망을 보여주는 데 아무런 관심이 없다. 미국 백악관을 배경으로 한 정치드라마지만 정치적 야심이나 욕망이 별로 두드러지지 않는다. 오직 그가 대통령으로서 나라를 혼란에서 구하는 것, 즉 현 상황을 유지하기 위해 자신이 대통령으로서 자격이 있음을 증명하는 것에 모든 이야기가 집중되어 있다.

흥미로운 점은 그가 대학교수이자 '무소속' 대통령이라는 사실이다. 심지어 그는 내각에서 쫓겨난 직후에 '지정생존자' 신분으로 대통령이 되었기에 자신을 지지해줄 정치적 우호 집단이 하나도 없다. 특정 정치 성향과 세력이 없는 그의 '정체성'은 초반에 치명적 약점으로 그려진다. 하지만 시간이 지날수록 그의 최대 강점으로 전환되는데, 여러 이해관계가 상충하는 첨예한 갈등상황에서 어느 한쪽으로 치우치지 않는 균형감 있는 중재자로서 자리매김한 것이다. 가령, 대통령이 되고 그가 가장 먼저 한 일은 자신을 뒷말했던 백악관 직원을 대변인으로 고용한 일이다. 대통령 의견에 용기 있게 제동 걸 수 있는, 날카로운 비판의식을 가진 인재를 등용하기 위함이다. 나중에 그 대변인은 대통령의 최측근이 되어 그를 충성스럽게 보좌한다.

대통령으로서 톰 컬크먼의 리더쉽은 포용과 관용에서 비롯된다. 경호원을 격의 없이 친한 친구처럼 대하는 것은 물론이고 사고 현장에 찾아가 슬픔에 빠진 국민과 사고를 수습하는 현장 요원들을 격려하는 데 있어 테러 위협에도 아무런 주저함이 없다. 중요한 것은 이 모든 것이 정치적 퍼포먼스가 아닌 진심에서 우러나온 행동이라는 사실이다. 기자와 카메라가 있는 환한 낮이 아닌 어둡고 피곤한 밤에 몰래 조용히 방문하는 그의 모습은 자신의 혈육이 아닐 수 있다는 걸 알면서도 아들을 따뜻하게 품는 다정하고 듬직한 아버지로서 그의 사적 일상과 겹쳐진다.

다름을 있는 그대로 수용하고 다양성을 존중하는 그의 태도는 미국의 역사와 전통, 그리고 미국적 가치를 대변한다. 그를 둘러싼

인적 구성을 살펴보면 그 점을 쉽게 알 수 있는데, 그의 아내는 러시아계이며 그를 보좌하는 측근들은 무슬림, 멕시코 이민자 등 여러 계층의 소수자들이다. 문화적 다양성을 지닌 사람들이 모여 다양한 사회를 형성하고 그 다양성이 서로 어우러져 시너지효과를 내는 샐러드 볼(salad bowl)의 나라. 미국 대통령 톰 컬크먼이 해결해야 할 사건·사고는 그래서 국제난민이나 인종차별 등 여러 분야의 다양성 문제에 편중되어 있다. 〈하우스〉가 욕망과 욕망의 대결이라면 〈지정생존자〉는 선과 악의 대결이라는 명확한 대립 구도에서 갈등과 위기가 형성된다. 물론 결론은 늘 권선징악에 의한 해피 엔딩이다.

여기까지 본다면 〈지정생존자〉는 악을 물리치는 강력한 선(善)을 통해 불의와 부조리에 지친 시청자들에게 꿈과 희망을 선사해주는 좋은 드라마다. 그런데 회를 거듭할수록 이상하게 재미가 없다. 권모술수는커녕 정치적 전술조차 매우 혐오하는 톰 컬크먼은 문제가 발생하면 먼저 '윤리적'으로 화를 내고 그것에 대해 정면 돌파를 시도한다. 그런데 그 방식이 큰 틀에서 보자면 누군가의 양심과 도덕성에 호소하는 것으로 늘 유사하게 진행된다. 스토리라인이 너무나 단조롭고 밋밋하다. 선과 악이 명확한 상황에서 이미 사건 해결의 방향이 정해진 탓이다.

드라마 초반에는 선한 영웅의 승리에 카타르시스를 느끼며 열광

할 수 있다. 하지만 시청자가 바보는 아니지 않은가. 드라마로서 극적 구성이 너무 느슨한 건 아닌가 하는 의구심 너머에 우리가 사는 세상이 이렇게 단순하진 않잖아, 라는 왠지 모를 쓸쓸함이 짙게 남는다. 아무리 생각해봐도 톰 컬크먼은 착하게 살아서 성공한 게 아니라 그저 운이 좋아서 그 착함이 호구가 안 된 예외적인 사례일 뿐이다. 혹은 부조리한 현실을 은폐하는 판타지이거나.

물론 지금 미국 대통령이 누구이며 그가 어떤 정치적 행보를 보이는지를 생각하면 그의 출현이 충분히 이해가 된다. 지도자로서 자신의 나약함과 불안을 인정하고 겸손한 자세로 전지구적인 평화와 보편적 인권을 수호하기 위해 노력하는 대통령이라니, 얼마나 멋진가. 마치 마블 코믹스의 '캡틴 아메리카' 같지 않은가. 다양성을 존중하는 윤리적인 대통령 톰 컬크먼은 이상적인 롤모델로서 충분히 존경받을 만하다.

그럼에도 자꾸만 나 자신에게 되묻게 된다. 과연 선(善)은 악을 이길 것인가.

국제적인 테러사건에 맞서는 테러방지단의 활약을 그린 미국 시즌제 드라마 〈24〉(2001~2014)에서 열심히 뛰어다니던 잭 바우어가 〈지정생존자〉에서는 교수 출신 대통령으로 나와 얌전히 책상물림하고 있는 것도 마음에 걸리지만, 드라마를 보고 나면 왠지 모르게 계속 찝찝함이 남는다. 배우 키퍼 서덜랜드의 주름진 얼굴처럼 내가 믿었던 그 가치들도 세월에 따라 늙어버린 걸까. 아니면 꿈만 많고 철은 없던 내가 이제야 불편한 진실에 점점 눈을 떠가고 있는 걸까.

여기서 잠깐, 톰 컬크먼이 말끝마다 "God bless America."라고 하는 것은 왜 또 자꾸 거슬리는 걸까. 그토록 겸손하던 대통령이 유독 '미국'이란 두 글자 앞에서는 지나치게 목소리를 높여대는 건 왜 그런 걸까. 도대체 미국이 뭐고, 신이 뭐고, 선이 뭐길래.

<굿 플레이스 (The Good Place)> (넷플릭스 오리지널 시리즈)

나도 언젠가 쓸모가 있겠지

시즌제 드라마를 볼 때면 괜스레 마음이 두근거린다. 과연 이 드라마는 다음 시즌에 살아남을 수 있을까. '시즌1'이라는 이름을 달고 나온 드라마 몇몇에 마음을 주었다가 강제 이별 당한 기억이 새록새록 생각날 때면 심장박동은 점점 더 빨라진다. 많고 많은 드라마 중에 특정 드라마를 '선택'한 시청자가 '갑'인 것 같지만 시즌제 드라마의 경우에는 갑과 을의 관계가 조금 애매하다. 제작자의 입장에서 보면 시청자가 다음 시즌도 변함없이 사랑해줄까 걱정되겠지만 시청자로서는 내가 준 사랑을 나 몰라 하고 '먹튀'하는 건 아닐까 두려움이 앞선다.

주연 배우 케빈 스페이시의 성추행 혐의로 제작이 중단되었다가

재개된 〈하우스 오브 카드〉 시즌 6은 그나마 양반에 속한다. 이별의 이유도 알리지 않은 채 조용히 사라져버린 드라마는 셀 수 없이 많다. 이번에는 그래도 운이 좋은 편이었다. 최근에 몰아보기 시작한 〈굿 플레이스〉(2016~2018)는 시즌3을 향해 순항 중이다. 고백하자면 시즌2까지 나와 있는 걸 확인하고 보기 시작했다. 이제 실연의 아픔은 그만 느끼고 싶다. 고마해라. 마니 묵었다.

사실 〈굿 플레이스〉는 보고 또 봐도 배부르지 않은 드라마다. 한 편의 방영시간이 고작 22분 남짓으로 하나의 시즌을 다 보더라도 네 시간이면 충분하다. 240분 안에 시즌 하나를 통째로 다 본다는 것은 시즌제 드라마에서는 거의 불가능에 가까운 일이다. 국제 테러사건에 맞선 테러방지단의 활약을 실시간으로 24시간 보여주는 시즌제 미국드라마 〈24〉(2001~2014) 덕분에 하룻밤을 꼬박 새웠다는 간증은 아직도 최초의 신화 『길가메시』처럼 오래오래 전해져 내려온다. 물론 〈굿 플레이스〉가 웹드라마처럼 짧은 방영시간 덕분에 사랑받는 건 아니다.

"사고로 죽은 엘리너는 사후 세계의 낙원에 도착한다. 가장 도덕적으로 살았던 이들을 위한 '굿 플레이스'에. 누군가 그녀를 다른 사람으로 착각했기 때문이다." (시즌 1의 1회 소개 글)

당신의 머릿속에는 영화 〈신과 함께- 죄와 벌〉(2017)이 떠오를 것이다. 저승차사 하정우와 염라대왕 이정재, 그리고 사후세계. 이보다 멋진 조합이 어디 있겠는가. 그런데 만약 무시무시한 저승 이야기를 하루 22분씩 매일 출근하는 지하철에서 본다고 가정해보자. 아니, 자기 전에 침대에 누워 4시간 동안 몰아보기한다고 상상해보자. 멀게만 느껴졌던 지옥이 마음 한구석에 똬리를 틀게 될 것이다. 『길가메시』의 주인공 반인반신 길가메시는 친구 엔키두의 죽은 몸에서 구더기가 생겨나는 걸 목격하고 죽음의 공포에 사로잡힌다. 〈신과 함께〉 속 재판을 통과하지 못한 망자들의 모습에 자꾸만 눈길이 가는 건 나만의 악몽이 아닐 것이다.

물론 모든 사람이 죽음을 두려워하는 것은 아니다. 사후세계에 대한 무한한 확신이 있는 경우엔 오히려 죽는 날을 고대할지 모른다. 나는 잘못한 게 없으니까 천국에 가게 될 거야. 그런 사람들을 위해 고대 이집트인들은 아주 훌륭한 책을 남겨주었다.

죽음에 대한 인류 최초의 기록이라고 이름 붙은 『이집트 사자의 서』는 천국에 가기 전에 진리의 전당에서 심판을 받게 된다는 고대 이집트인들의 생각에서 비롯되었다. 죽은 자는 심문의 과정에서 모든 질문사항에 '아니오'라고 답할 수 있어야 하는데, 그 절차가 너무 복잡해 미리 적어서 준비해가고자 한 것이다. 자, 그럼 귀를 쫑긋하시라. 42개 문항 중 몇 개만 추려서 들려드리겠다. 자신이 천국에 가게 될지 지옥에 가게 될지 잘 생각해보길 바란다.

흥분하고 화를 냈다. (네/아니오)

다른 사람을 울렸다. (네/아니오)

생각 없이 행동했다. (네/아니오)

앞의 문항을 통과한 사람들만 이 글을 읽을 수 있다고 한다면 아마 아무도 없을 것이다. 아니, 이 글은 작성조차 될 수 없었을 것이다. 이쯤 되면 심문하는 것 자체가 무의미해진다. 우리는 모두 지옥행이다. 끓는 물에 삶아지고 뜨거운 기름에 튀겨지고 날카로운 칼에 혀가 잘리고…… 이제야 당신은 이해하게 되었을 것이다. 〈굿 플레이스〉를 인터넷에 검색해보면 이 드라마가 생각보다 너무 재미있다는 칭찬부터 다음 시즌이 빨리 나오길 기다린다는 장수 기원의 응원까지 호평 일색인 이유에 대해.

누군가의 실수로 '굿 플레이스'에 가게 된 '나쁜' 엘리너의 이야기는 바로 우리들의 이야기다. 극중 배드 플레이스로 쫓겨나지 않기 위해 부단히 노력하는 그녀의 고군분투는 우리가 감당할 수 있는 '최선의 불행'이다. 비록 지난날의 악행을 끊임없이 상기하며 '착한' 엘리너를 연기해야 할지라도 그녀는 현재 굿 플레이스에 살고 있다. 좋아하는 새우는 맘껏 먹고, 싫어하는 재즈는 절대 듣지 않는다. 그리고 하늘이 점지해준 소울메이트 치디는 늘 그녀와 함께 살면서 적절한 타이밍에 윤리학 이론을 알려준다.

이처럼 〈굿 플레이스〉는 아주 영리하게 사람들의 마음을 파고든다. '내가 착한 사람은 아니지만 지옥에 갈 만큼 나쁜 사람은 아니잖아?'로 시작해 '내가 첫눈에 사랑에 빠질 만큼 아름답진 않지만 그래도 애프터 신청을 받지 못할 만큼 못생긴 건 아니잖아'로 이어 지는, 은밀한 속삭임이 드라마 첫 회를 클릭한 시청자의 마음 한 자 락을 붙잡는다. 나랑 한 번만 더 만나봐. 나 '나쁜' 사람 아니야.

극중 '좋은 사람 테스트'에는 아래와 같은 항목들이 포함되어 있 다. 사무실 전자레인지에 생선을 데운 적이 있나요. 캘리포니아 평 크 록 밴드 레드 핫 칠리 페퍼스의 음악을 돈 내고 들은 적이 있나 요. 항공사 비행기에서 신발과 양말을 벗은 적이 있나요. 고개를 갸 우뚱하는 시청자들을 위한 배려로 '굿 플레이스'를 설계한 '신적 존 재' 마이클은 '굿 플레이스'가 어떤 종교나 철학의 사후세계에도 기 대고 있지 않음을 밝히며 굿 플레이스에 대한 소개를 시작한다.

로마에 가면 로마법을 따라야 하듯 '굿 플레이스'에는 그곳만의 선과 악이 있다. 그동안 악이라고 규정되었던 것들이 어쩌면 선이 될 수도 있다는 생각, 그러한 '진리의 상대성'은 죽음이 부여하는 윤리적 무게감에 짓눌려있던 사람들에게 해방감을 선사한다. 지난 날의 죄의식 따위 쓰레기통에 버리라는 얘기다. 진리가 너희를 자 유케 하리라. 그동안 우리가 진리라고 믿어왔던 그 진리들은 마이 클의 말에 따르면 지금 배드 플레이스에 있다. 우리가 존경했던 철 학자들과 함께.

극 초반 엘리너는 굿 플레이스의 문제적 인물로 묘사된다. 그녀가 파티에서 훔친 새우는 다음날 거대한 새우가 되어 하늘에 둥둥 떠다녀 사람들을 공포에 떨게 하고 그녀가 아랍계 혈통의 상류층 출신 타하니를 기린 같다고 험담하면 얼마 지나지 않아 공룡만한 기린들이 길거리를 활보하며 아수라장으로 만든다. 하지만 굿 플레이스에 머무는 시간이 길어질수록 그녀는 문제를 일으키는 사람에서 문제를 해결하는 사람으로 역할이 전환된다.

윤리학 교수 치디가 온갖 윤리학을 고민하느라 결정장애를 일으킬 때, 인공지능 로봇 재닛이 끝없는 리부팅과 업그레이드로 진화한 나머지 인간처럼 실연의 아픔으로 고통스러워할 때 엘리너는 조언자로서 그 문제를 함께 풀어나간다. 굿 플레이스 설계자 마이클이 고민에 빠져 있을 때 '아무 생각 없이 쉬라'고 그를 노래방에 끌고 간 것도 그녀다. 나중에 굿 플레이스가 배드 플레이스이고 마이클이 천사라기보다는 악마에 가깝다는 것, 엘리너와 그녀의 친구들을 정신적으로 고문하기 위해 '가짜' 굿 플레이스를 만들었다는 것이 밝혀진 뒤로, 마이클의 생각을 가장 잘 이해하고 그것에 대처하는 사람 역시 '나쁜' 엘리너다. 그녀보다 악마를 더 잘 이해하는 사람은 굿 플레이스에 없다.

〈굿 플레이스〉는 얼핏 보면 '나쁜 엘리너의 착한 사람 되기' 성장 서사 혹은 '친구들과 함께 굿 플레이스 가기' 모험 서사로 읽힌다. 하지만 조금만 깊이 들여다보면 그것 너머의 '무엇'이 있다는 것을 깨닫게 된다. 엘리너가 다른 사람들을 도울 수 있었던 것은 살아 있는 동안 그녀가 했던 나쁜 말과 행동들 덕분이었다. 그런 경험들이 없었다면 그녀는 온갖 종류의 역경들을 현명하게 대처할 지혜를 얻지 못했다. 이런 통 큰 면죄부가 세상에 어디 있겠나 싶겠지만 모름지기 인간은 '사랑받기 위해 태어난' 존재 아니던가. 자고로 신도 인간 없이는 창조주로서의 자격을 유지할 수 없으니 크게 손해 보는 셈법은 아닐 것이다.

이렇게 〈굿 플레이스〉에서는 선과 악, 신과 인간 등 이분법적 대립구도가 무의미해진다. 나중에는 굿 플레이스와 배드 플레이스의 경계 또한 무너진다. 시즌2 10회에서 마이클은 "배드 플레이스 안에 굿 플레이스가 있다."고 말한다. 모든 것은 '나'가 생각하기 나름이다. 불멸(不滅)의 진리가 사라지고 그 자리에 필멸(必滅)의 '사람'만 남는, 혼돈의 해피엔딩. 진리가 우리를 자유롭게 하는 것이 아니라 우리가 진리의 외연을 확장시켜주는 것이다.

그런 의미에서 〈굿 플레이스〉에는 모험과 성장 서사에서 흔히 나오는 '자기부정을 통한 자아성찰'이 등장하지 않는다. '나와의 싸움'에서 이기는 것도 나이지만 지는 것도 나 자신이다. 승리의 기쁨도 패배의 절망도 모두 내 몫이란 소리다. 병 주고 약 주고 도대체 이게 무슨 의미가 있겠는가. 〈굿 플레이스〉에는 그래서 나쁜 사람, 멍청한 사람은 있을지언정 루저는 없다. 모두 각자 생김새대로 쓰임이 있고 의미가 있다. 절묘한 타이밍에 유쾌한 농담처럼 터지는

'제이슨 멘토사'의 활약에 주목해보면 드라마의 메시지가 확실하게 느껴진다. 절대성은 단단하지만 폐쇄적인 반면에 상대성은 깨지기 쉽지만 유연하고 다양하다.

못 생기면 못생긴 대로 예쁘면 예쁜 대로 성격이 급하면 급한 대로 느리면 느린 대로 제각각 모양대로 가치가 있고 의미가 있다. 괜한 죄의식이나 열등감 따위 가질 필요가 없다. 물론, 나 역시 이런 시시한 글을 썼다고 주눅 들지 않을 예정이다. 이런 글도 누군가에게는 한 줌의 위로가 될 수 있지 않겠는가. 그러니 희망을 가져라. 최소한 그대는 나의 소중한 독자로서 사랑을 듬뿍 받으며 지금 이 순간 최고의 쓸모를 자랑하고 있다.

젊은이, 복 받을 거요.

네가 사는 곳은 어때?

최근에 열심히 듣고 있는 노래가 있다. 선우정아의 '그러려니.' 담담하게 읊조리는 듯한 창법도 마음에 들지만 무엇보다 굳은살 가득 박인 나의 심장을 울리는 건 창법보다 더 담담한 노랫말이다. "만나는 사람은 줄어들고 그리운 사람은 늘어간다. 끊어진 연에 미련은 없더라도 그리운 마음은 막지 못해. 잘 지내지. 문득 떠오른 너에게 안부를 묻는다." 만약 누군가 나에게 지금 이 순간 유언을 남겨야 하는데 무슨 말을 할 거냐고 묻는다면 나는 망설임 없이 대답할 것이다. "그립다."

그런데, 나의 그리움은 과거의 특정 대상보다는 내가 아직 만나지 못하고 경험하지 못한 것들, 앞으로 내가 상실할 것들을 향해 있다. '봄날이 간다'에 슬퍼하는 건 그나마 심장이 말랑말랑할 때의 이야기다. '봄날이 또 온다'라는 사실을 깨닫게 되는 순간 심장이 딱딱하게 굳어 버린다. 첫사랑이 왜 첫사랑이겠는가. 두 번째 사랑도 있고 세 번째 사랑도 있기 때문이다. 사계절처럼 순환하는 삶의 희로애락을 지켜보고 있노라면 웬만한 일에는 눈 하나 깜짝 안 하는 경지에 도달한다. 등단 8년차 소설가가 되어 수십 명의 사람을 살렸다가 죽였다가 이런저런 일들을 두루 경험하다 보니 실제 나이보다 폭삭 늙는 건 어쩔 도리가 없다. 드라마 평론가로 옆에서 지켜본 타인의 삶까지 합하면 그 경험치는 수백 년을 거뜬히 넘긴다.

오늘은 '또 하나'의 어제일 뿐이다.

달콤쌉싸름한 인생의 클리셰에 심드렁해지고 있을 무렵 만난 드라마가 바로 한중미 합작 웹드라마 〈드라마월드〉(2016)다. 줄거리는 간단하다. 한국드라마를 좋아하는 미국 소녀가 실제 드라마 세계에 들어가게 되면서 흥미진진한 일들이 벌어진다. 한지민, 최시원과 같은 한류 스타가 카메오로 출연해 화제가 되기도 했지만 드라마의 가장 큰 인기 요인은 한국 로맨스드라마의 장르적 관습을 패러디하는 세련된 감각이다. '썸'도 반복되면 지루해지는 법인데, 〈드라마월드〉는 '한국식' 로맨스드라마의 공식을 유쾌하게 비틀면서 새로운 재미를 만들어낸다.

극중 로맨스드라마 공식이 적힌 책이 등장한다. 남자 주인공은 자신감, 외모, 약간의 오만함을 갖추되 여자 주인공을 우선시해야 한다, 여성 시청자를 위해 남자 주인공의 샤워장면은 필수다 등등. 그 공식에 의해 운영되는 '드라마월드' 속으로 들어가게 된 미국 소녀 클레어는 처음에는 매우 신기해하고 그 상황을 즐긴다. 드라마 속 남자 등장인물들은 여자를 보호할 의무가 있고, 클레어가 넘어지는 시늉만 해도 남자들이 달려와 그녀를 부축한다. 극 후반부에 남자 주인공과 오해가 쌓인 클레어는 음식을 던지며 싸우다가 나중에는 김치로 남자의 뺨을 후려친다. 이 장면은 유명한 '김치 싸대기'를 연상시키며 보는 이로 하여금 웃음을 자아낸다.

드라마를 보며 가볍게 웃을 수 있는 건 여기까지다. 클레어가 드라마월드에 들어오게 된 것은 남녀 주인공의 사랑을 이루어주기 위해서다. 하지만 예상치 못한 사건에 의해 남자 주인공은 여자 주인공이 아닌 엑스트라인 클레어를 사랑하게 되고 스토리는 기존 로맨스드라마의 공식과는 다르게 흘러간다. 너무도 평범하여 "내 인생에서도 나는 조연"이었다는 클레어는 갑작스럽게 다가온 사랑에 당황해하지만, 우여곡절 끝에 행복한 결말을 맞이한다.

드라마가 시청자에게 전달하고자 하는 메시지는 이런 것이 아니었을까. 누구나 자신의 인생에서는 주인공이다, 뭐 이런 거. 극중 드라마 공식이 존재한다는 것을 알게 된 남자 주인공 박준은 클레어에게 묻는다. "네가 사는 곳은 어때?" 그러자 클레어는 대답한다. "시궁창이야(It sucks!). 결말이 어떻게 되는지 아무도 몰라." 삶의 불확실성

아래 인간의 자유의지와 미래를 향한 희망에 방점을 찍은 드라마 속 명대사랄까. 예측 불가능한 삶에 대한 최고의 찬사다. It sucks!

안타깝게도 나의 시선을 잡아끈 것은 '엑스트라를 연기하는 여자 주인공' 클레어가 아니라 '진짜 엑스트라' 세스였다. 세스는 주인공이 되기 위해 여러 드라마에 엑스트라로 출연하면서 모은 돈으로 레스토랑 대표가 된다. 하지만 여자 주인공에게 외면당한 채 뜻을 이루지 못하고 중심 서사에서 밀려난다. 사랑을 이룬 클레어와 달리, 그는 마침내 드라마월드에서 강제 추방당한다. 반란의 대가였다.

〈드라마월드〉가 지향하는 드라마의 장르적 관습과 차이화는 클레어의 행복과 세스의 불행을 통해 적절한 지점에서 균형을 맞추며 성공적으로 안착한 것으로 보인다. 둘 다 실패하면 이야기 성립이 안 되고 둘 다 성공하면 시즌2의 이야기는 네 명의 남녀 주인공이 한데 뒤섞인 채 카오스 상태가 되기 때문이다. 세스의 실패는 드라마월드의 질서와 평화를 위해 꼭 필요한 플롯이다. 하지만 엑스트라로 남겨진 세스가 눈에 밟혀 마음 한구석이 계속 불편했다. '자기 캐릭터에 충실할 것' '줄거리에 직접 엮이지 말 것' 등과 같은 조력자 공식 또한 너무 폭력적으로 느껴졌다. 주제 파악하란 소리 아닌가. 자기 분수대로 살라고 강요하는 것만 같았다.

세스의 실패를 이대로 묵인하고 방관해도 되는 것일까. 영화 〈블랙 팬서〉(2018) 속 '온건파' 티찰라와 '혁명파' 킬몽거를 연상시키는 클레어와 세스의 상반된 결말은 세상을 변화시키는 방식의 차이라 기보다는 인간을 대하는 세상의 태도에 문제가 있는 건 아닐까 하는 의구심을 들게 했다. 물론 이러한 감정은 시청자가 아닌 한 명의 사람, 자신의 삶에서조차 주인공으로 살아가지 못하는 수많은 사람 중 한 명으로서 느끼는 것이었다. It sucks!

　인간은 자신에게 주어진 설정값을 벗어날 수 있을까. 인간은 주체적으로 자신의 삶을 살아갈 수 있을까. 이런 생각들이 꼬리에 꼬리를 물고 길게 늘어질 무렵, 나는 또 한 편의 드라마를 만났다. 넷플릭스 오리지널 드라마 〈밴더스내치〉(2018)였다. 〈블랙 미러〉 시즌 5 중 한 편인 이 드라마는 시청자를 창작자의 자리로 초대하는 인터랙티브 콘텐츠로 큰 주목을 받았다. 그저 가만히 앉아 드라마를 감상하는 것이 아니라 드라마에서 제시하는 선택지 중 하나를 고르는 과정을 반복함으로써 자기만의 이야기를 만들어가는 형식 실험을 시도한 것이다. 내가 보는 드라마는 내가 직접 만든다, 랄까. 작가가 독점했던 창조주로서의 절대적 권위가 시청자와 관객에게로 수직 이동한 것이다.

　큰 기대를 안고 클릭하는 것도 잠시, 나는 또 절망했다. 첫 선택은 아침 식사로 어떤 브랜드의 시리얼을 먹을지 고르는 장면이었다. 짧은 제한시간 동안 열심히 고민했으나 선택의 결과는 허무할 정도로 이야기 전개에 영향을 미치지 않았다. 선택지가 두 개밖에 없다는 것만으로도 슬슬 짜증이 나는데, 그것마저 별다른 변수가 되지 못하다니. 이게 무슨 인터랙티브인가!

아버지에게 화를 낼 것인가 아니면 컴퓨터에 음료수를 쏟을 것인가, 하는 선택지에서는 후자를 선택하면 이야기가 계속 제자리를 빙빙 돌아서 결국엔 아버지에게 화를 내는 걸 선택해야만 앞으로 나아갈 수 있었다. 내 선택처럼 보이지만 결국엔 선택을 강요받는 셈이었다. 〈밴더스내치〉의 결말이 '어찌어찌하여' 아버지를 살해하는 아들의 이야기로 수렴된다는 걸 알게 되고서는 '선택'하기를 그만두었다. 그것만이 내가 할 수 있는 유일한, 진정한 '선택'일 것 같았다. 아버지를 죽이고 신을 죽이고 작가를 죽이고, 오이디푸스 콤플렉스 이런 것도 너무 식상하지 않나.

뭔가 또 크게 속은 것 같았다. 이게 도대체 뭔가. 사는 게 너무 시시해져 버린 느낌이었다. 원래 이렇게 재미없는 것이, 정답이 정해진 세계에서 선택의 무의미함을 깨닫는 것이 〈밴더스내치〉의 작품 의의라고 말하는 사람도 있었고, 시청자 선택에 따른 알고리즘을 파악하기 위한 시뮬레이션이었기에 재미란 건 중요하지 않다고 말하는 사람도 있었다. 아무튼, 다 좋다. 그런데, 안 그래도 내 인생이 내 맘대로 안 풀려서 울화병이 생길 지경인데, 드라마를 보면서까지 이렇게 낭패감을 느껴야 하는 걸까. 마음이 지치고 힘들 때, 슬프고 괴로울 때, 내 영혼을 달래주는 따뜻한 수프가 바로 나의 '드라마월드'인데. 야, 누가 먹는 것 갖고 장난치래!

2.
영혼을 보듬는
드라마 한편

<뷰티 인사이드> (JTBC, 극본 임메아리, 연출 송현욱·남기훈)

나의 밤을 사랑하는 그대에게

언제부터였을까.

로맨스드라마의 남자 주인공들에게 가슴 아픈 사연이 생겨나고 나르시시즘으로 충만하던 그들의 삶이 엄마 잃은 불쌍한 어린아이마냥 연민과 동정의 아이콘이 된 것이.

한때 '실장님'으로 불렸지만 최근 몇 년 사이 고속 승진하여 '대표님'과 '부회장님' 사이를 오가며 깊은 불황에 허덕이는 한국 경제에 보기 드문 족적을 남기는 불사(不死)의 슈퍼맨들. 그들이 바로 로맨스드라마의 남자 주인공들이다. 그중 <별에서 온 그대>(2013)의 도민준은 유독 독보적인 존재감을 드러내었는데, 당시 그는 나이 400살의 외계인이었다. 공간이동은 물론이고 멀리 떨어진 곳에서의 소리도 들을 수 있는 절대청각과 마음에 들지 않는 성인남자를 번쩍 들어 멀리 던져 버릴 수 있는 어마 무시한 힘, 그리고 그런 능력들을 모두 부차적인 것으로 만들어버리는 완벽한 얼굴까지 한마디로 그는 절대 지존의 능력남이었다.

돈이면 돈, 권력이면 권력, 지성이면 지성, 얼굴이면 얼굴, 여기에 초능력까지 두루 갖춘 외계인까지 나온 마당에 어떤 남자가 드라마 주인공을 하겠다고 감히 나서겠는가. 부회장이나 계열사 대표 따위의 '평범한' 재벌로는 로맨스드라마의 남자 주인공 자리에 명함조차 내밀 수 없게 된 것이다.

이제 우리 앞에는 '신화적 영웅'으로 다시 태어난 재벌들이 있다. 그들의 영웅성은 다 가진 자의 현재적 여유가 아닌 더 가질 수 있는 자의 미래 가능성에 뿌리를 두고 있다. 절대 지존의 능력남들이 유일하게 가지지 못한 것. 바로 그 '결핍'을 쟁취하기 위한 그들의 모험이 드라마의 중심서사가 되고 그들이 획득한 결핍은 이성에게 사랑과 연민의 감정을 불러일으키는 매력자본으로 발현된다.

누가 더 아름답고 우아하게 슬플 수 있나. 누가 더 비극적인 삶을 고결하게 향유할 수 있나. 그들의 능력은 얼마나 매력적인 결핍을 가지고 있는가에 의해 판가름 난다. 흔하디흔한 재벌들 사이에서 그들만의 차별화 전략인 셈이다.

최근 몇 년 사이 높은 시청률을 기록했던 로맨스드라마를 떠올려보자. 능력 좋고 외모 좋고 집안까지 좋던 그 남자 주인공들이 알고 보면 재벌 서자로 아버지를 아버지라고 마음껏 부르지 못한다거나 사고의 트라우마로 폐쇄공포증, 안면인식장애 등등 온갖 후유증으로 남몰래 인내와 고통의 시간을 보내지 않았던가. 키다리 아저씨처럼 조건 없는 사랑을 베풀어주던 그 남자들에게 결핍이 하나의 훈장처럼 그들의 가슴팍에 자리 잡은 것이다.

영웅신화의 시작은 늘 시련과 함께였다. 하지만 그 시련은 영웅을 돋보이기 위한 일종의 장식이며 완벽한 영웅 앞에 우리를 데려다 놓기 위한 통과의례의 성격을 가진다. 모든 것을 소유한 그 재벌 남자는 마지막으로 '결핍'까지 소유함으로써 더욱 완전해지고 완벽해진 것이다. 허허, 나 이거 참.

사실 신기한 일은 따로 있다. 남자 주인공의 정신적 결핍이 여자 주인공의 물질적 가난과 만났을 때 묘한 케미가 발생한다는 점이다. 작용과 반작용의 법칙이랄까. 사랑도 가는 게 있으면 오는 게 있어야 하고, 그렇게 오고가다 보면 결국엔 서로 미안함이나 고마움 대신 공평한 사랑을 나누는 동등한 관계로 발전한다는 절대불변의 진리. 이로써 남자와 여자, 과잉과 결핍, 물질과 정신 등 둘로 나뉘었던 세상은 총 질량보존의 법칙의 이름으로 대통합의 역사를 성취한다. 바야흐로 평화의 시대가 도래한 것이다.

"얼마면 돼?"라는 드라마 대사가 유행한 지 어언 20년이란 세월이 흘렀다. 돈으로 모든 걸 해결하던 시대는 가고 없다. 인간의 감정마저 교환가치를 지닌 자본으로 환산되는 신자유주의 시대에 누군가를 향한 연민과 동정 또한 일종의 감정노동이다. 일방적으로 수혜의 대상이 되어 받기만 하던, 여자들의 판타지라고 비난받던 로맨스드라마는 이제 존재하지 않는다. 물질적 가난이 여자 주인공들의 전유물이라면 정신적 결핍은 이제 남자 주인공들이 갖추어야 할 필수 조건이다. 모든 갈등이 물질적 풍요의 그늘 안에서 해결되던 로맨스드라마는 상투적인 장르적 관습에서 벗어나 새로운 지점에 도달한 것이다. 돈'만'으로 모든 걸 해결할 수는 없다. 그 외의 '무엇'이 필요하다.

로맨스드라마의 새로운 흐름을 가장 예리하게 파고든 작품이 바로 〈뷰티 인사이드〉(2018)다. 드라마의 남녀 주인공은 모두 경제적으로 부유하다. 남자는 '본부장'이란 직함을 가진 재벌 3세이고 여자는 톱스타 배우이다. 드라마에서 돈은 별로 중요하지 않게 치부된다. 먹고사는 문제 따위는 잊힌 지 오래다. 그들의 고민은 오로지 '밤'이다. 춥고 배고픈 육체의 낮이 아니라 외롭고 병든 영혼의 밤.

〈뷰티 인사이드〉의 중심 서사는 안면인식장애를 앓고 있는 남자와 매달 며칠씩 다른 사람의 몸으로 변하는 희소병으로 고통받는 여자의 로맨스다. 어린 남자애부터 중년 여자, 그리고 검버섯이 돋아난 노인까지 얼굴이 계속 변하는 여자 주인공을 안면인식장애를 앓고 있는 남자가 아무런 선입견 없이 이해하고 사랑한다는 내용으로, 외모지상주의를 비판하며 내면의 아름다움을 강조하는 동명의 영화 〈뷰티 인사이드〉(2015)를 원작으로 하고 있다.

몸의 변화를 겪는 사람이 남자가 아닌 여자라는 것, 그리고 영화에서 등장하지 않던 안면인식장애라는 질병을 추가로 설정한 것이 영화와 차별화된 지점이다. 내면의 아름다움을 강조하기 위해 안면인식장애라는 설정을 가져온 것이겠지만 그 덕분에 드라마는 영화보다 한층 더 깊은 메시지를 전달하는 효과를 얻는다.

영화에선 남자와 여자가 사랑을 성취하기 위해 해야 할 일이 하나뿐이다. 있는 그대로 상대방을 인정하는 일. 얼굴이 변한다고 해서 그 사람이 다른 사람이 되는 것이 아니라는 것, 즉, 있는 그대로 상대방을 사랑하는 일이다. 하지만 드라마에서는 누군가를 사랑하기 전에 해야 할 일이 하나 더 있다. 바로 자기 자신을 있는 그대로 인정하는 일, 즉 자존감을 기르는 일이다.

〈뷰티 인사이드〉의 남녀 주인공들은 누구나 부러워하는 재벌과 톱스타지만 그들은 자기 자신을 사랑할 줄 모른다. 화려한 낮에 감추어진 그들의 어두운 밤은 자기혐오에서 비롯된다. 자신이 처한 특수한 상황을 그들은 인정하지 못한 채 자꾸 움츠러든다. 재벌 남자는 사랑하는 여자에게 "얼마면 돼?"라고 윽박지르는 대신 "내가 이렇게 엉망진창인데 어떻게 그 말을 해요?"라며 "괜찮겠습니까, 나랑?"하고 자신 없게 읊조린다.

그래서였다. 〈뷰티 인사이드〉의 사건들은 모두 지나치게 우연에 기대 있지만 서사적 개연성에 이의를 제기하기 어렵다. 노인의 얼굴로 변했다가 본래 얼굴로 돌아오지 않던 여자가 남자의 사랑 고백을 듣고 갑자기 변하게 된 것도, 남자와 여자의 과거가 엉킨 실타래처럼 고통스럽게 얽힌 것도, 서브 주연인 가톨릭 신부를 꿈꾸는 남자와 재벌 3세 여자가 서로에게 이끌려 사랑에 빠지게 되는 것도, 갑작스럽게 여자 주인공의 엄마가 병으로 사망하게 된 것도 무리 없이 다 이해가 된다. 원래 '사랑'이란 차가운 머리가 아닌 뜨거운 심장에 뿌리내린, 무조건적인 이해와 존중 아니던가.

'사랑'이란 단어 대신 '사람'을 넣어도 의미는 달라지지 않는다. 중년 여자로 바뀐 그녀를 한눈에 알아본 남자에게 여자는 묻는다. 어떻게 알아보았느냐고. 남자는 당연한 걸 묻는다는 듯 담담하게 답한다.

"당신이 거기 서 있구나."

여기에 극중 여자 주인공의 이름을 넣어보며 울림이 훨씬 크게 다가온다.

'한 세계'가 거기 서 있구나.

이 순간 정현종의 시가 떠오르지 않을 도리가 없다. "사람이 온다는 건 실은 어마어마한 일이다. 그는 그의 과거와 현재와 그리고 그의 미래와 함께 오기 때문이다. 한 사람의 일생이 오기 때문이다." 그렇다. 한 사람은 하나의 세계이며 그 세계는 그 자체로 존중받기에 충분하다.

〈뷰티 인사이드〉는 재벌 남자와 톱스타 여배우의 사랑 이야기인 동시에 자기 자신을 사랑할 줄 모르는, 마음의 병을 앓고 있는 사람들의 내적 성장에 관한 이야기다. 서로 다른 환경과 성격의 두 남녀가 티격태격하다 사랑에 빠지듯 스스로와 불화하던 그들 자신도 점차 안정을 찾아간다. 정서적 관계로서의 개인에 주목하고 외롭고 병든 영혼에 대한 진지한 성찰을 보여주었다는 점에서 유의미한 작품이다. 난세에 영웅이 난다는 옛말처럼 물질문명과 자본주의의 최전방에서 우리는 다시금 '영혼'의 존재론적 의의를 확인하게 된 것이다. 역시, 밤이 "선생"이다.

<눈이 부시게> (JTBC, 극본 이남규·김수진, 연출 김석윤)

미래의 '나'가 오늘의 '나'에게 보내는 편지

한동안 소화불량에 시달렸다.

식욕도 별로 없었지만 그나마 먹은 것들도 제자리를 찾지 못하고 어딘가 얹혀 버렸다. 가슴이 답답했다. 누군가 내 위에 앉아 무겁게 짓누르는 것만 같았다. 드라마를 보는 내내 그랬다. 한지민과 남주혁의 청춘 로맨스인 줄 알고 무심코 드라마를 보기 시작했던 나 자신이 원망스러울 지경이었다. 하룻밤 자고 일어났더니 25살(한지민)에서 70대 백발의 할머니(김혜자)가 되어버린 이야기라니. '눈이 부시게'라는 드라마 타이틀과 전혀 어울리지 않았다. 가뜩이나 요즘 눈도 침침한데 이런 우울한 이야기라니. 도대체 왜.

매주 드라마가 끝나고 나면 인터넷이 야단법석이었다. 인생에 대해 생각하게 하는 드라마라나 뭐라나. 해가 바뀐 지 몇 달 되지도 않았는데 2019년 최고의 웰메이드 드라마라는 훈장이 따라다녔다. 도대체 어떻게.

문제는 극의 완성도가 아니었다. 대중성도 아니었다. 그건 모두 부차적인 것이었다. 나의 고민은 이 드라마를 끝까지 볼 수 있느냐였다. 과연 내가 12부작까지 버텨낼 수 있는지. 두 눈을 질끈 감은 것처럼 답답한 나의 속은 종영 날까지 인내심을 발휘할 수 있을 것인지. 솔직히 고백하자면, 한지민의 오빠로 나온 손호준(김영수 역)이 아니었다면 나는 드라마를 끝까지 보지 못했을 것이다. 그는 진정 신의 한 수였다. 배우 손호준의 존재감을 강렬하게 느낀 건 이번이 처음이었다. 아니, 주인공이 아닌 등장 인물에게 이렇게 정서적으로 의존한 것 자체가 처음 있는 일이었다. 그가 화면에 나올 때 비로소 나는 잠시 숨을 쉴 수 있었다.

〈응답하라 1994〉(2013)에서 전라도 사투리를 맛깔나게 구사하며 혜성처럼 등장한 배우 손호준. 〈눈이 부시게〉(2019)에서 그는 '잉여인간' 캐릭터에 특화된 연기력을 선보이며 큰 활약을 펼친다. 약간 모자라지만 허세 넘치는, 왠지 모르게 정감 가는, 그런 '옆집 오빠'랄까. 다들 배우 김혜자의 연기력에 감탄하였지만 나는 연기 경력 56년 '국민 엄마'의 정서적 대항마로, 비극과 희극 사이에서 완벽한 균형 감각을 선보인 손호준에게 감사 인사를 건네고 싶다.

김혜자를 보며 눈물 콧물 다 흘리다가 실신 직전까지 간 시청자들을, 그러니까 나를 살려준 것이 바로 손호준이었다.

극중 백수인 그는 헌혈하고 받은 공짜 영화표를 정육점에서 소량의 삼겹살이랑 바꿔 몰래 방에서 구워 먹다가 질식해서 구급차에 실려 간다. 그런 그를 두고 동네에서는 번개탄을 피우고 자살 시도했다가 좀 덜떨어지게 되었다는 소문이 돈다. 물론 그는 그런 일로 절대 주눅 들 사람이 아니다. 여동생과 친구들이 바다에 간다는 걸 알게 된 그는 렌터카 트렁크에 몰래 숨어 즐거운 여행을 꿈꾼다. 하지만 여행은 취소되고 반납된 렌터카에 실려 중고차들과 함께 중동으로 보내진다. 이뿐만이 아니다. 하룻밤 사이에 늙어버린 몸 때문에 상처 입은 여동생의 마음은 아랑곳하지 않고 그는 자신의 개인방송에서 더 많은 별풍선을 받기 위해 동생에게 동반 출연을 권하기까지 한다.

극의 중심 서사와는 별개로 진행되는 '잉여인간' 김영수의 에피소드들은 지금 여기 청년세대의 절망적인 삶과 많은 부분 겹쳐진다. 그런데 전혀 슬프지 않다. 오히려 그의 등장만으로 미소가 지어질 정도로 희극적으로 그려진다. 하룻밤 사이에 사라져버린 여동생의 청춘 앞에서 그는 다른 사람들처럼 당황하거나 불편해하지 않는다. 과거와 미래, 꿈과 현실 사이에서 방황하는 그들과 달리, 그는 등장인물 중에서 유일하게 '현재'를 사는 사람이다. 지나간 것에 미련 두지 않고 잃어버린 것에 집착하지 않는다. 그는 그렇게 하루

하루 살아간다. 즐겁고 충실하게.

극중 남녀 주인공인 한지민과 남주혁은 시베리아 횡단 열차를 타고 북극에 가길 꿈꾼다. 오로라를 보기 위해서다. 오로라는 지구 밖에 있는 자기장인데 어쩌다 보니 북극으로 흘러들어온, 즉 조물주가 의도한 대로 만들어진 게 아니라 어쩌다 보니 만들어진 "에라"다. 버그이자 작동오류인 오로라를 두고 둘은 이야기한다.

"그 에라가 에라인데도 에라도 아름다울 수 있어. 눈물 나게."

"너무 사랑스러울 것 같"은 그 '에라'를 두 사람은 결국 보러 가지 못한다. 하지만 그 오로라는 저 멀리 북극이 아니라 그들 곁에 있었다는 게 나의 생각이다. 잉여인간 김영수.

그는 오로지 그로서 존재한다. 그가 백수인 것은 직업이 없어서가 아니라 그를 정의 내릴 그 무엇도 그에게는 무의미하기 때문이다. 어제도 오늘도 내일도 그는 김영수이며 달라지는 것은 아무것도 없다. 세상의 모든 것에서 배제된 동시에 그는 그 모든 것으로부터 완전히 자유롭다. 무엇보다 그의 외모가 '쓸데없이' 지나치게 아름답다는 점에서 그는 확실히 '오로라'다. 오뚝한 콧날과 날렵한 턱선, 그리고 부리부리한 눈매.

문제는 그 오로라를 아주 가끔 볼 수 있다는 점이다. 오로라가 나타나는 지역에서는 일 년 내내 볼 수 있다지만 〈눈이 부시게〉에서 김영수의 비중이 그리 높지 않은 것처럼 우리가 사는 이곳에서 오로라를 직접 보는 건 하늘의 별 따기처럼 어렵다. 인터넷에 오로라 사진을 검색하면 또 모를까.

그래서였을 것이다. 하룻밤 사이에 몸이 늙어버린 여자와 마음이 늙어버린 남자, 한지민과 남주혁은 서로에게 위로의 말을 건넨다. 오로라를 보고 싶었으나 보지 못한 그들에게 남은 건 그들 자신뿐이다.

"난 내가 애틋해. 너도 니가, 니 인생이 애틋했으면 좋겠다."

부모에게 버림받고 키워준 할머니의 자살로 혼자 남은 남자는 세상을 바꾸는 기자를 꿈꿨지만 현실은 노인들을 상대로 건강상품과 보험을 파는 사기꾼 신세다. 인생이 꼬일 대로 꼬여버린 남자는 여자의 위로를 듣고 참았던 눈물을 터트린다. 한편 늙어버린 몸 때문에 선뜻 남자에게 다가가지 못하는 여자는 청춘의 상실 못지않게 그가 자신을 잊었을까 봐 속상하고 슬프다. 그런 여자에게 남자는 따뜻한 말을 건넨다. "나도 못 끌어안은 나를 끌어안고 울어준 사람이 처음이었어요"

두 사람의 '애틋한' 대화가 브라운관 밖에서 울고 있는 누군가, 그러니까 '나'에게 건네는 것이라고 착각한 사람이 나만은 아니었을 것이다. 오로라를 보지 못한 사람, 아니 오로라가 되지 못한 사람이 나 말고도 훨씬 많을 테니까. 그리하여 우리 앞에 두둥, 하고 불현듯 나타난 것이 아닌가 싶다. 오로라가 되지 못한 사람들을 위해. 눈이 부시게.

〈눈이 부시게〉는 갑자기 늙어버린 스물다섯 살 한지민의 이야기처럼 보이지만 사실 그녀는 알츠하이머를 앓고 있는 70대 김혜자의 상상 속 인물이다. 드라마 초반부의 이야기는 모두 그녀가 그리워하고 꿈꾸는 그 무언가에 대한 허구적 재현이다. 여기에서 중요한 것은 한지민과 김혜자가 동일한 배역을 맡은 동일 인물이고 극중 두 사람의 이름이 모두 '김혜자'라는 점이다. 늙은 김혜자가 젊은 한지민을, 늙은 내가 젊은 나를 끌어안은 모양새랄까. "뭘 해야 할지도 모르겠고 뭘 할 수 있을지도 모르겠고, 그래서 하룻밤 자고 일어났더니 백 살이 된 기분"인, 마음이 늙어버린 젊은 나에게, 늙은 나는 조용히 다독인다. "아무것도 할 수 없을 만큼 늙어버린 것도 아니고, 무슨 걱정이에요?"

드라마에 나온 주옥같은 대사들은 미래의 '나'가 오늘의 '나'에게 보내는 편지라고 해도 무방하다.

"내 삶은 때론 불행했고 때론 행복했습니다. 삶이 한낱 꿈에 불과하다지만 그럼에도 살아서 좋았습니다. 새벽에 쨍한 차가운 공기, 꽃이 피기 전 부는 달콤한 바람, 해질 무렵 우러나는 노을의 냄새, 어느 하루 눈부시지 않은 날이 없었습니다. 지금 삶이 힘든 당신, 이 세상에 태어난 이상, 당신은 모든 걸 매일 누릴 자격이 있습니다. 대단하지 않은 하루가 지나고 또 별거 아닌 하루가 온다 해도 인생은 살 가치가 있습니다. 후회만 가득한 과거와 불안하기만 한 미래 때문에 지금을 망치지 마세요. 오늘을 살아가세요. 눈이 부시게 당신은 그럴 자격이 있습니다."

　마지막 장면에서 배우 김혜자의 내레이션을 들으며 눈시울이 붉어지지 않은 사람은 아마 없었을 것이다. 자기연민이 몸에 제일 해롭다고 얘기들 하지만 내가 나를 사랑하지 않으면 누가 나를 사랑해줄 것인가. 오로라는 멀리 있는 게 아니다. 내 안에 있다. 내가 바로 오로라다.

　아, 나는 눈이 침침한 게 아니라 눈이 부신 거였구나.

<검색어를 입력하세요 WWW> (JTBC, 극본 권도은, 연출 정지현·권영일)

나 버리지 마요

열 살은 별로 놀랍지도 않았다. 이미 드라마 <밀회>(2014)에서 스무 살 차이 나는 연인의 진한 사랑을 만끽한 적 있기에. 드라마는 물론이고 브라운관 밖 현실에서도 위아래 열 살은 이제 이슈조차 되지 않는다. 사랑에 국경도 없다는데 나이 따위가 무슨 상관이람.

<검색어를 입력하세요 WWW>(이하 <검블유>)가 2019년 여름을 뜨겁게 달구었던 이유는 비단 38살 여자와 그보다 열 살 어린 28살 남자라는 '나이' 설정 때문만은 아니다. 이 드라마를 한 번이라도 본 적 있는 사람이라면 이미 눈치챘겠지만, 시청자의 시선을 사로잡은 매력 포인트는 따로 있다. 바로 로맨스드라마의 장르적 문법을 전복시킨 남녀 주인공의 '관계' 설정이다.

가슴팍이 드러난 셔츠를 입은 남자에게 "너무 야하게 입고 다니는 거 아냐? 가슴 다 보여. 넌 여자들이 무슨 생각하는지 절대 모를 거야"라고 여자가 타박한다. 그러면 남자는 여자에게 "진짜 이상한 아저씨네"라고 응수한다. 주인공의 성별만 바꿔 놓으면, 어디서 많이 들어본 대화임이 분명하다. 〈내 이름은 김삼순〉(2005)의 김삼순이 연인에게 "너무 굶었어"라고 말하며 자신의 성욕을 간접적으로 드러낸 것만으로도 큰 화제가 되었던 게 어느덧 십오 년 전이다. "너 보면 미치겠어. 너 안고, 만지고, 좋아하고 싶어"라고 〈검블유〉의 여주인공 배타미는 저돌적으로 자신의 사랑을 육체적으로 형상화한다.

이것만이 아니다. 만난 첫날 두 사람은 하룻밤을 같이 보내는데, 이에 대해 여자는 '원나잇'이란 시작이 꺼림칙하다고 연인이 되길 거절한다. 그러자 남자는 자신을 원나잇한 상대로 남게 하지 말라고, 다시 시작하자며 여자를 설득한다.

"나 버리지 마요."

이 드라마의 절정은 바로 이 대사다. 자신을 버리지 말라는 남자 주인공의 애절한 사랑 고백. 비혼주의라는 자신의 신념 때문에 결혼을 전제로 한 연애를 부담스러워하는 여자, 그리고 그녀를 끈질기게 붙잡는 남자. 여자와의 갈등 상황에서 남자는 매번 "사랑해"라는 말 대신 "나 버리지 마요"라며 동정과 연민에 호소한다. 게임 음악 회사 대표인 남자는 멋진 외모와 멋진 목소리를 가졌고 극중 모든 여자의 이목을 집중시키지만, 이러한 화려한 스펙은 입양이란 그의 아픈 과거 앞에서 다 무용지물이 된다. 매해 같은 날만 되면 몸살이 나는 남자의 곁을 여자는 떠나지 못한다. "너 아프게 하는 사람은 내가 다 죽일 거야." 아아, 최고의 사랑은 긍휼이라고 했던가.

더욱 재미있는 것은 비슷한 시기에 방영된 드라마 〈봄밤〉(2019)에서도 같은 장면이 빈번하게 반복된다는 점이다. 〈봄밤〉의 남자 주인공 역시 여자 주인공에게 "우리 버리지 마요."라고 말한다. 〈검블유〉와 다른 점이 있다면 〈봄밤〉의 남주인공은 아이가 있는 미혼부이기에 '나'가 아닌 '우리'라는 것이랄까. 〈봄밤〉의 제작진은 '연하남' 정해인을 톱스타 반열에 오르게 한 〈밥 잘 사주는 예쁜 누나〉(2018)를 만들기도 했는데, 밥 사달라고 조르던 연하남에서 버리지 말라고 애원하는 싱글대디까지 당대 인기 드라마의 남자 캐릭터 변천사가 왠지 의미심장하다.

'페미니즘 리부트'라는 호명 아래 다양성과 소수자성에 대한 관심이 촉발된 지도 몇 년의 시간이 흘렀다. 단순한 성 역할 전복 정도에 만족할 시청자들이 요즘 어디 있겠는가. 〈검블유〉가 높은 화제성 지수를 기록했던 것에는 분명 보다 '심오한' 이유가 있을 것이다. 왜 우리는 〈검블유〉를 본방사수했을까. 그러니까 왜 배타미는 박모건을 버리지 못하고 함께 하기를 선택했을까. 청문회에서 국회의원과도 맞짱 뜨던 위풍당당 그녀가 아니었던가.

모든 답은 질문에 이미 있다고 하던데.

"나 버리지 마요."

4차 산업 혁명의 영향력 아래 놓인 지금 이 시대를 부모 없는 '고아'의 시대라고 처음 말한 사람이 누구였는지 기억나진 않는다. 하지만 그 말에 나는 전적으로 동의한다. 시간이 흐르면서 과학기술이 발전하는 것이야 당연한 이치겠지만 그 발전이라는 것이 기존 기술을 새로운 기술로 대체하는 것으로 이루어지고 과거의 모든 지식과 경험 들이 오늘의 '나'를 위해 아무런 쓸모가 없어진다면, 앞으로 우리는 어떻게 살아야 할까.

어린 시절 든든한 울타리가 되어주고 커다란 그늘이 되어주던 '부모'는 이제 없다. 새로운 기종의 핸드폰 앞에서, 카페 무인 주문기 앞에서, 공인인증서란 가상의 승빙서 따위 앞에서 황망해하는 부모님의 모습을 우리는 이미 목격했다. 6.25, 4.19, 5.18, IMF 등등 파란만장한 역사의 고비들을 다 넘어오신 분들이지만 그 모든 연륜이 고작 작은 핸드폰 앞에서 폐기되어 버리지 않았던가.

미래 사회가 어떻게 변할지 짐작조차 못 하는 상황, 그러니까 광야에 혼자 서 있는 듯한 막막한 상태가 부모 없는 고아가 아니면 도대체 무엇이란 말인가. 어쩌면 미래는 오늘을 사는 우리에게 선물이 아니라 재앙, 천국이 아니라 지옥일지도 모른다.

그렇다. 〈검블유〉에 내가 이토록 몰입할 수 있었던 건 모두 박모건 때문이었다. 정확히는 그가 '나'와 너무 닮아 있었기 때문이다. 어린 시절 그는 홀로 낯선 나라 캐나다에 남겨진다. 그런데 그것이

'지금 여기' 나의 상황과 별로 다르지 않다는 '정서적 착각'을 하게 만든다. 니체가 신의 죽음을, 루카치가 길을 인도해주는 밤하늘 별의 실종을 이야기한 지도 이미 오래전 일이다. 우리가 믿고 의지하던 절대적인 세계는 사라지고 없다. 절대적인 것은 절대 없다는 고리타분한 진리만이 남아 있을 뿐이다. 그런 의미에서 우리는 모두 부모 없는 고아이고 '박모건'이다. 지금 여기 우리가 사는 세상에는 수많은 '박모건'이 있다. "우리 버리지 마요."

드라마를 보다 보면 위풍당당 배타미도 박모건과 다르지 않은 처지라는 사실을 깨닫게 된다. 서른여덟이나 스물여덟이나 '우주먼지'인 것은 다름이 없는 것일까. "서른여덟 살 정도 먹으면 완벽한 어른이 될 줄 알았어요"라는 극중 배타미의 대사는 마치 내 마음을 몰래 훔쳐놓은 것처럼 나의 심장을 무겁게 짓누른다. 세상일에 미혹되지 않는 나이가 불혹(不惑)이라고 했건만 서 있는 것만으로도 나는 가끔 다리가 후들거린다. 그러니까 내가 〈검블유〉에 열광했던 것은 '여성'이라는 나의 성별이 아니라 '고아'라는 나의 정서적 나이 때문이었으리라.

그래서일까. 〈검블유〉 속 배타미와 박모건의 대화를 유심히 듣다 보면 사랑보다는 전우애 또는 파트너십이 느껴진다. "내 말대로 모든 만남엔 끝이 있고, 어떤 식의 이별이든 우리는 이별을 향해 달려가겠지. 근데 이별로 달려가는 그 길 위에서 초조함을 함께 해줄 유일한 사람이 너야. 그러니까 같이 초조하고 같이 불안하자. 같이 위로하고 같이 안심하자. 결국 잃게 되더라도 지금은 가지자. 서로를 가지자." 인생이란 이름의 거친 광야를 지나가는 동안 서로에게 친구이자 동료가 되어주는, 그런 수평적이고 쌍방향적인 관계.

드라마 배경으로 인터넷 포털 회사를 '그냥' 설정한 것은 아닐 것이다. 인터넷이란 어떤 곳이던가. 수백 수천만의 서로 다른 목소리가 모이는 만남의 광장이다. 그 안에서 함께 울고 웃고 지지고 볶으면서 우리는 함께 살아가고 있다. 자신과 다른 의사결정을 한 회사 대표 브라이언에게 배타미는 나와 다르지만 많이 배웠다고 말하고, 경쟁사에서 이직 권유를 받은 알렉스는 높은 연봉에도 불구하고 자신의 가치를 인정해주는 배타미와 팀원들 곁에 남는다. 이렇게 우리는 서로의 파트너가 되어 함께 그 광야를 견뎌내고 있다.

어쩌면 '완벽한 어른'이란 아예 존재하지 않는 건지도 모른다. 그런 건 그저 결과가 아닌 과정으로서 존재할 뿐. 〈검블유〉에서 배타미와 박모건은 이별 후 재회하지만 사랑의 불완전성을 그대로 껴안은 채 지금 이 순간을 소중히 간직하기로 약속한다. 그러한 열린 결말은 인생이 과거완료가 아니라 현재진행형이며 삶의 불확실성 앞에서 우리는 "같이 초조하고 같이 불안"해할 누군가를 만날 권리와 의무가 있다는 메시지를 전달하기 위함이 아니었을까.

아, 사랑스러운 그 이름 박모건이여. 오늘도 나는 '박모건'을 열심히 검색하는 중이다.

〈별나도 괜찮아(Atypical)〉 (넷플릭스 오리지널 시리즈)

괜찮지 않아도 괜찮아

시즌제 미국드라마 〈별나도 괜찮아〉(2017~2018)는 미디어에서 큰 주목을 받았거나 대중들에게 입소문이 난 화제작은 아니다. 시즌 1을 몰아보다가 시즌 2가 또 있단 사실에 내심 놀랐다. 넷플릭스의 거대한 자본력에 감사해야 하는 건지 아니면 세상이 의외로 따뜻하단 사실에 감격해야 하는 건지. 외모와 신체도 자본이 되는 약육강식의 물질 자본주의 시대에 이런 '별난' 드라마가 계속 제작된다는 사실에 정서적 측면의 '지구 온난화'를 몸소 체험한 기분이었다.

〈별나도 괜찮아〉는 자폐 스펙트럼이 있는 남자 고등학생 '샘 가드너'가 주인공인 가족 시트콤으로 스무 살 자폐 청년 '초원'이 주인공인 한국영화 〈말아톤〉(2005)을 연상시킨다. 자폐 청소년과 그의 가족 이야기를 다룬다는 점, 〈말아톤〉의 초원이가 얼룩말을 좋아하는 것처럼 〈별나도 괜찮아〉의 샘이 펭귄에 유별난 애정을 보인다는 점에서 꽤 많은 에피소드가 비슷한 분위기를 풍긴다. 소재 면에서 본다면 두 작품은 거의 비슷한 출발점에서 시작했다고 해도 과언이 아니다. 그런데 두 이야기가 전달하고자 하는 메시지는 전혀 다르다.

장애인이 등장하는 영화나 드라마를 보는 관객의 마음은 대체로 비슷한 지점을 향해 있다. 바로 '그럼에도 불구하고'이다. 장애인의 장애 극복 서사는 작은 영웅의 성공담과 닮았다. 〈말아톤〉을 보고 눈시울이 붉어지지 않은 사람이 있었을까. '평범한' 영웅들은 적대자들과 싸우지만 '별난' 초원이는 자기 자신과 싸워야 한다. 정확히 말하면 '자폐'라는 나만의 장애물. 나와의 싸움만큼 고독하고 고통스러운 것은 없다. 두 시간 상영 시간 내내 초원이의 고난과 역경을 바라본 관객은 모두 한 마음 한뜻이 되어 초원이의 힘찬 발걸음을 응원하게 된다.

영화 〈말아톤〉이 강력한 전율과 감동의 스펙터클한 롤러코스터라면 드라마 〈별나도 괜찮아〉는 남녀노소 누구나 탈 수 있는 평화로운 회전목마다. 극적 재미는 덜하지만 일상 에피소드에서 묻어나는 소소한 재미가 꽤 중독성이 있다랄까. 시즌 1을 보고 더 볼까 말까를 고민했는데, 시즌 2까지 다 보고 나서는 시즌 3을 기다리는 애청자가 되고야 말았다. 가랑비에 옷 젖는 줄 모른다더니 정말 그 말이 정답이다. 영화와 드라마라는 장르적 차이 때문인지 모르지만, 하루 할 일을 다 끝내놓고 침대 헤드에 기대 나만의 시간을 가질 때 조용히 꺼내 보고 싶은 드라마가 바로 〈별나도 괜찮아〉다.

샘 가드너의 나레이션으로 진행되는 〈별나도 괜찮아〉는 누군가와 마주 앉아 대화를 나누는 듯한 혹은 비밀친구의 일기를 공유하는 듯한 친밀한 느낌을 준다. 30분 남짓 분량의 시트콤이란 형식에 걸맞게 일상적이고 소소한 일들, 십 대 시절 일기장에 끄적일 만한 일들이 잔잔하게 펼쳐진다. 시즌1은 십 대 청소년이면 누구나 관심을 가질만한 '이성 친구 찾기'라는 보편적인 주제로 자폐 스펙트럼이 있는 '샘 가드너'에 대한 소개를 시작하는 예고편의 성격을 가진다.

"난 별종이에요. 다들 그렇다고 하죠."라는 그의 첫 대사는 그의 '별난' 성격을 함축적으로 보여준다. 동물에 비유해 사람과 상황을 이해하고 정해진 룰이 없으면 혼란을 느끼고 비유나 상징, 또는 관용적인 표현은 이해하지 못하고. 물론 샘은 여느 자폐 청소년들과 달리, '고기능' 자폐이기 때문에 일상생활에 큰 지장이 없을 뿐만 아니라 특정 분야 즉, 자신이 관심 있는 생물학 과목에서는 탁월한 성적을 받기도 한다. 하지만 오히려 그 점이 그를 더욱 별나게, 혹은 도드라지게 만든다. 장애인도 아니고 비장애인도 아닌 애매한 지점에서 그는 "별종"으로 남아 있는 것이다.

엄마 엘사는 그런 별종 아들이 이성 친구와의 만남과 이별의 과정에서 상처를 받을까 걱정한다. 그녀는 자기가 만들어놓은 무균의 세상에서 아들이 문제없는 삶을 살길 원한다. 그래서 그녀는 소음과 빛에 민감한 아들을 대신해 그가 입을 옷을 사 오고, 익숙한 환경을 떠나 대학에 진학하는 것도 반대한다. 딸 케이시가 탁월한 재능을 인정받아 스카우트 제의를 받았을 때도 샘과 함께 학교에 다니며 보살피지 못할 것을 먼저 우려한다. 그녀는 오로지 샘의 '순결한' 삶을 위한 호위무사로서 최선을 다한다.

아이러니하게도 시간이 흐르면서 평온한 삶에 균열이 생기기 시작한 것은 샘이 아니라 엄마 엘사다. 자폐아들을 키우며 자신의 욕망을 애써 부인해 왔지만, 그녀 역시 엄마이기 이전에 여자였고 한 사람이었다. 낯선 남자의 호의에 "자신에게 관심을 가져줘서 고맙다"라는 답장을 보내는 그녀의 상기된 얼굴은 엘사 역시 엄마와 아내, 그리고 여자 사이에서 애매하게 서 있는 "별종"이라는 걸 보여준다. 별종이 뭐 별건가. 사회에서 주어진 역할과 기준에서 조금이라도 어긋나면 그게 바로 별종이다. 낯선 남자와의 우연한 만남에 그녀는 마음이 설레기 시작하고 그 설렘은 육체적 관계로 이어진다. 그렇게 그녀는 불륜을 저지른다.

극중 인자한 아버지로 그려지는 엘사의 남편 더그 역시 그리 완전무결하진 않다. 딸 케이시와는 비밀 없는 친밀한 사이고 서먹하던 아들 샘과도 최근 급격히 가까워지긴 했지만, 십여 년 전 아들이 자폐가 있다는 걸 진단받자 그 사실을 견디지 못하고 가족을 떠난 전적이 있다. 그 일은 당시 혼자 남겨져 아이들을 보살펴야 했던 아내 엘사에게 큰 상처로 남아 있다. 시즌2에서 그는 자신과 화해를 원하는 아내를 외면하고 상처받은 마음을 위로받기 위해 다른 여자의 집을 찾아간다. 그는 자신이 "역겨워"했던 아내가 걸어간 그 길을 답습한다.

〈별나서 괜찮아〉는 자폐가 있는 '별난' 샘 가드너의 이야기이지만 등장인물 중에 별나지 않은 사람은 없다. '사연 없는 무덤 없다'라는 옛말처럼 드라마는 각기 다른 사연을 가진 '별난' 사람들의 이야기를 샘의 입을 통해 들려준다. 샘의 여동생 케이시는 뛰어난 달리기 실력으로 주목을 받지만, 집에서는 언제나 오빠 샘에게 밀리는 잡초 인생이고 그녀의 남자 친구 에반은 악기를 훔쳤다가 학교에서 퇴학당하고 난 뒤 공고를 다니며 성실하게 살고 있지만, 온갖 소문의 주인공으로 사람들 입에 오르내린다.

〈별나도 괜찮아〉에는 영화 〈말아톤〉의 주요 서사인 자폐 청소년의 장애 극복을 통한 극적인 성공담 같은 건 없다. "Nobody is normal"이라는 극중 대사처럼 드라마는 지극히 현실적인 이야기, 지지고 볶으며 살아가는 우리들의 엉망진창 상처투성이 삶을 보여줄 뿐이다.

시즌2에서 샘은 대학에 진학하기로 하고 대학에 제출할 자기소

개서를 작성한다. 이때 지도교사의 조언과 달리, 샘은 자폐를 통한 성취를 포장하지 않는다. 그저 자신의 삶을 솔직하게 드러낸다. 그건 샘이 상담을 그만두고 자폐 청소년 또래 모임에 나가기 시작하면서 첫 과제로 '도움 청하기'를 받은 것과도 같은 맥락에 있다. 샘은 '자폐'라는 장애를 극복하지 않고 그것을 있는 그대로 인정한다. 그에게 '자폐'는 그저 그의 캐릭터를 설명하는 하나의 요소일 뿐이다. 마치 샘의 여자친구가 된 '페이지'가 남들보다 말이 많고 조금 히스테릭한 것처럼 말이다. 누구는 키가 크고 누구는 키가 작은 것처럼, 누구는 흑발이고 누구는 금발인 것처럼.

약간 뜬금없는 스토리 전개이긴 하지만 시즌2 마지막 회에서 샘의 여동생 케이시는 육상팀에서 같이 훈련받는 동성 친구 '이지'와 마음을 확인한다. 이로써 〈별나도 괜찮아〉가 전하고자 하는 메시지는 더욱 명확해진다. 둘 다 자신을 잘 이해해주는 멋진 이성 친구가 있음에도 서로의 곁에 있기로 결심한 건 분명 '비합리'적인 '별난' 선택이다. 앞으로 펼쳐질 그들의 미래는 서로 다른 이성에게 마음을 준 엘사와 더그의 앞날만큼 우여곡절이 많을 것이다. 하지만 괜찮지 않으면 어떠하리. 그런 게 인생인데. 별나도 괜찮은 게 아니라 괜찮지 않아도 괜찮은 것이다.

자, 허니 한 스푼으로 금세 행복해지는 곰돌이 푸우 선생의 달콤한 말씀으로 마무리하자. "다른 사람의 기분을 지나치게 신경 쓰지 마세요."

<열혈사제> (SBS, 극본 박재범, 연출 이명우)

하나님이 너 때리래

"누가 착한 사람이야?"

엄마가 옆에 앉으며 물었다. 매일 새벽예배 때문에 밤 열 시가 넘으면 세상에서 제일 피곤한, 아니 은혜로운 얼굴로 잠자리에 드는 착한 엄마였다. 응? 착한 사람? 배우 김남길에게 매혹되어 아무 생각 없이 드라마에 몰입하고 있던 나는 그제야 정신이 번쩍 들었다. 그렇지. 지금 저렇게 절제된 몸놀림으로 상대 연기자를 두들겨 패는 사람은 구담 성당의 김해일 신부님이었지. 아, 그렇지. 바람에 휘날리는 지금 저 섹시한 검은 옷은 가죽점퍼가 아니라 신부님들이 입는 사제복이었지.

감히 말하건대, '김해일 신부'는 한국드라마 역사에 길이 남을 엄청난 캐릭터다. 일요일 오전에 예배 대신 〈동물농장〉을 보는 나 같은 탕자가 성당에 가고 싶은 마음이 드는 걸 보면 그는 대중의 눈은 물론이고 마음까지 사로잡는 마성의 남자임이 분명하다. 20%대의 높은 시청률은 이러한 열광이 나만의 것이 아니라는 걸 증명해준다. 지상파 드라마가 시청률의 늪에 빠져 사경을 헤매고 있는 작금의 상황에서 〈열혈사제〉(2019)의 인기는 바다를 가르는 홍해의 기적에 버금간다고 해도 무방하다. 심지어 MBC는 10시 월화 미니시리즈를 없앤다고 발표하지 않았던가. 이쯤에서 우리는 물불 안 가리고 거침없이 분노하는 '열혈사제'에게 왜 그토록 열광하는 건지 자문해보지 않을 수 없다.

억울한 것도 많고, 한스러운 것도 많고, 우리 속에 쌓인 게 많았던가. 불같이 화를 내는 것도 모자라 주먹이 먼저 앞서는 열혈사제에게 대리만족을 느끼는 건가. 드라마 흥행에 힘입어 편성된 특집방송의 타이틀이 〈우리는 열혈사이다〉라는 것에서 이미 우리가 찾고자 하는 답이 다 나온 건 아닌가. 답답한 '고구마'가 아니라 톡 쏘는 시원한 '사이다'. 그런 건가.

영화 〈어벤져스 : 엔드게임〉(2019)이 온갖 영웅들을 다 모아놓은 역대급 최고의 선(善)이라고들 하는데, 드라마 〈열혈사제〉는 온갖 종류의 나쁜 놈들을 집합시켜 놓은 최고의 악(惡)이다. 우선, 분야별로 하나씩 악당이 있다. 경찰, 검찰, 정치인, 공무원. 여기까지는 여느 드라마에서 흔히 보아왔던 조합이다. 〈열혈사제〉는 이보다 한 걸음 더 나아가 악행을 깔끔히 뒤처리해줄 '나쁜 놈'까지 분야별로 준비해놓았다. 조폭 보스 황철범이 살인, 협박, 감금 등 불법적인 방법으로 거칠게 은폐한다면 서울중앙지검 특수팀 박경선 검사는 언론플레이와 공권력을 활용해 합법적으로 우아하게 정돈한다.

아, 지나치게 영리하고 똑똑한 그대의 이름은 악(惡)이여!

선과 악의 전쟁 이야기인 페르시아 신화 『샤나메』에 보면 이런 구절이 있다. "아리만은 매우 오랫동안 이란에서 자신이 무력했던 것에 화가 났다." 아리만은 악마인데, 매우 적극적으로 사람들이 교만하도록 부추기며 돌아다닌다. 교만해진 사람들이 그릇된 행동을 하게끔 유도하는 것이다. 악마의 열정 덕분에(?) 『샤나메』에 등장하는 왕들은 수도 없이 나라를 말아먹고 사람들을 죽음으로 몰아넣는다. 1%의 재능과 99%의 노력으로 성공이 완성된다고 했던가. 자기 전에 하루 일과를 반성하며 오답노트까지 작성하는, 지나치게 성실하고 머리 좋은 악마를 이길 자가 누구겠는가.

악마가 이렇게 열심히 일하는 동안 천사는 무엇을 하고 있는지 궁금하지 않을 수 없다. 『샤나메』에서 천사는 인간이 곤경에 처했을 때 간혹 나타나 도움을 주긴 하는데, 대체로 문제가 발생하고 나서 뒤늦게 등장해 구슬프게 통곡하곤 한다. "나는 너희에게 이르노니 악한 자를 대적하지 말라. 누구든지 네 오른편 뺨을 치거든 왼편도 돌려대며"라는 성경 말씀처럼 천사는 한결같이 온유하고 자비로운 모습으로 우리 곁을 지킨다. '지킨다'보다는 같이 '있다'는 표현이 더 정확할지 모르겠지만, 아무튼 샤나메나 성경이나 오십보백보다.

〈열혈사제〉의 나쁜 놈들은 그런 착하디착한 우리의 선(善)을, 아니 김해일 신부를 비웃고 조롱한다. '사랑'으로서 악을 용서하라고, 폭력은 나쁜 놈의 전유물이니 불의를 보고도 '오래 참음'으로 절제하라고. '구담구 카르텔'에 맞서 싸우는 김해일 신부의 발목을 잡는 것도 악당들의 사악한 권모술수가 아니라 사제인 그를 향한 사람들의 편견과 고정관념이다. 신부가 왜 저래.

영화 〈미션〉(1986)의 서로 다른 삶의 철학을 가졌던 두 신부님이 떠오르지 않는가. 원주민 과라니족의 마을을 지키기 위해 총을 들고 무력으로 맞선 멘도자 신부와 십자가를 지고 죽음으로 맞선 가브리엘 신부. 과연 어느 길이 진정한 선인가. 영화가 오랫동안 사랑받을 수 있었던 까닭은 정서적 울림을 주는 이러한 철학적 메시지 때문일 것이다. 물론 영화 OST 〈가브리엘의 오보에〉를 듣는 순간 답은 이미 정해져 있는 느낌이지만. 그런데 요즘 그 질문이 잘못되었을지 모른다는 생각이 든다. 고작 몇천 원짜리 아이스크림을 고를 때도 31가지 맛 메뉴판이 필요한데, 이렇게 중요한 문젤 가지고 고작 둘 중 하나를 고르라니. 이건 좀 아니지 않나.

자, 우리가 알고 있는 착한 사람의 얼굴을 떠올려보자. 음, 너새니얼 호손의 '큰 바위 얼굴'처럼 인자한 미소가 떠오르지 않는가.

그렇다면 악한 사람의 얼굴을 떠올려보자. 음, 음, 착한 사람에 비해 시간이 조금 더 걸릴 것이다. 악은 버럭 화를 내기도 하고 속마음을 숨긴 채 활짝 웃기도 한다. 악은 화려한 외모로 우리를 현혹하기도 하고 허름한 옷차림을 한 채 조용히 다가와 우리 목을 인정사정없이 조르기도 한다. 우리가 생각하는 악은 꽤 구체적이고 다양한 얼굴을 갖고 있다. 『샤나메』에는 나른한 오후에 낮잠을 자는 악마의 사소한 습관까지 적혀 있다.

그런데 선은, 너무 추상적이고 단편적이다. 인자한 미소라니. 우리의 가난한 상상력 때문에 선이 가진 무한한 생명력을 잃어버린 게 아닌가 싶다. 가브리엘 신부만 선이 아니라 멘도자 신부 역시 선이 될 수 있지 않을까. 선 또한 다양한 얼굴이 있을 수 있다는 사실을 우리는 오래 간과해왔다. 그건 마치 신을 절대적인 자리에 올려놓고 나와는 다른 사람으로 거리두기한 것과 같다. 저 멀리 높은 곳에 매달린 십자가처럼 선은 내가 절대 도달할 수 없는 곳에 있는 것이다.

죄책감이랄까, 죄의식이랄까, 혹은 원죄랄까. 아니, 조금 더 솔직하게 말하자면 '외로움'이다. 절대 善의 세상에 속하지 못한 자에게 주홍글씨처럼 새겨진 지독한 외로움. 그래서였다. 분노조절장애와 알코올의존증이 의심되는, 어딘가 모르게 허점 많은 〈열혈사제〉의 김해일 신부는 대리만족이나 카타르시스를 넘어선 그 무언가를 우리에게 선사해준다. 그것은 위로일 수도 있고 희망일 수도 있다.

『샤나메』를 읽다 보면 신기한 점을 발견할 수 있는데, 역대 가장 존경받는 왕 카이 코로스가 '악한' 아리만 일족의 후손이라는 사실이다. 도대체 누가 선이고 누가 악이란 말인가. 조로아스터 교 최고의 신 '아후라 마즈다'는 선과 악이 모두 공존하는 신이다. 어쩌면 우리가 기다려온 신은 선과 악 사이에 서 있는 김해일 신부, 그러니까 뜨거운 체온의 인간적인 신은 아니었을까.

김해일 신부와 함께 악의 무리를 무찌르는 다른 캐릭터들 역시 비슷하다. 다들 흑역사가 있다. 상관의 명령으로 열한 명의 아이들을 죽인 전직 국정원 출신 김해일 신부를 시작으로 도박으로 인해 남동생을 잃은 타짜 '수녀'와 어린 시절의 가난에서 벗어나고자 권력에 빌붙었던 부패한 '검사', 그리고 동료의 죽음 이후 조폭의 하수인으로 전락한 비겁한 '형사'까지. 그렇다. 선은 완벽하지 않다. 악처럼 성실하지도 않고 영리하지도 않다. 선은 평범한 우리의 얼굴을 하고 있다.

어린 시절 성경을 읽을 때 존경할 만한 위인들인 줄 알았던 성경 속 인물들이 알고 보면 그저 그런 사람들처럼 불륜, 사기, 절도 등등 온갖 부도덕한 일들을 저질렀고, 그런 그들을 제자로 삼아 하나님이 자신의 말씀을 후대에 전하게 했다는 사실이 무척이나 이해하기 어려웠다. 그때 가졌던 의구심에 대한 답이 〈열혈사제〉 안에 담겨 있다는 걸 요즘 새삼 깨닫는 중이다. 이것도 선이고 저것도 선이고 모두 다 선이로구나. 아, 신은 우리를 버리지 않으셨다.

〈열혈사제〉가 죽음에서 구원해낸 것은 비단 지상파 드라마뿐만이 아니다. 점점 신자가 줄어드는 종교계는 물론이고 점점 암흑으로 침잠해가는 우리의 영혼이 그의 뜨거운 손에 이끌려 부활하고 있지 않은가. 김해일 신부는 그토록 우리가 기다리던 그 메시아일지 모른다. 김남길, 아니 김해일 신부님 사랑해요.

3.
삶과 예술 사이에서
드라마의 길

<〈휴먼스(HUM∀NS)〉(영국 Channel 4/미국 AMC)

심심풀이 땅콩에 관한 존재론적 고찰
- 이것이 드라마인가

드라마에 비평할 게 있어요?

아주 가끔 이런 질문 아닌 질문을 들을 때가 있다. 드라마는 수신료를 내긴 하지만 거의 공짜라고 해도 무방한, 텔레비전이라는 지극히 일상적인 미디어를 통해 방영된다. 때문에 우리는 드라마에 대해 깊이 생각할 필요성을 느끼지 못한 채 살아간다. 드라마를 보다 깊게 이해하기 위해 관련 서적을 찾아보거나 전문가의 식견을 구하는 경우는 주변에서 찾아보기 힘들다. 줄거리 위주의 드라마 관련 인터넷 기사를 검색해보는 정도가 노력의 전부다. 물론 이보다 조금 더 성실하고 열정적인 시청자라면 〈쿨투라〉에 수록된 나의 드라마월평을 매달 챙겨보겠지만 그런 사랑스러운 사람들은 늘 은 둔의 고수처럼 자신의 모습을 잘 드러내지 않는다.

상황이 이러하다 보니 드라마 시청에 있어 문화적 취향이란 게 별로 없는 것처럼 인식되는 경향이 강하다. 자고로 취향이란 반복 적인 시청과 지속적인 학습을 통해 세련된 감각과 전문적 교양으 로 발현되는 것일 텐데 우리와 너무 가까이 있기에 드라마는 오랜 친구마냥 그 존재의 중요성이 꽤 긴 시간 소홀히 다루어져 왔다. 그 런 까닭에 드라마를 평가하는 가치 기준 또한 부재할 수밖에 없다. 어떤 드라마가 좋은 드라마이고 어떤 드라마가 조금 덜 좋은 드라 마인지 구분할 수 있는 문화적 교양이 덜 축적된 것이다.

사소한 예로 막장 코드를 사용한다고 해서 꼭 그 드라마가 막 장 드라마가 되는 건 아니다. 시즌제 영국드라마 〈블랙 미러〉 시즌 1(2011)에는 돼지와 수간(獸姦)을 하는 영국 총리의 이야기가 나온 다. 이 한 문장만으로도 깜짝 놀라며 질겁하는 사람이 있을 것이다. 하지만 돼지와 섹스하는 총리의 모습은 드라마에 등장하지 않는다. 다만 그것을 보고 있는 사람들의 얼굴을 카메라가 비출 뿐이다. 드 라마는 시간이 흐름에 따라 언론과 사람들의 반응이 어떻게 달라 지고 그러한 여론이 개인의 삶에 어떤 영향을 끼치는지 사실적으 로 보여줌으로써 급격한 기술의 발달이 현대사회에 가져올 결과에 대해 주목하게 한다. 일부 호기심 강한 사람들을 실망시켜 미안하 지만, 중요한 것은 소재가 아니라 소재를 활용하는 방법론이다.

영화도 아니고 그래봤자 드라마잖아. 소파에 누워 편하게 먹는 심심풀이 땅콩 같은.

여기까지 읽고도 아직까지 이렇게 생각하는 사람이 있다면 이렇게 말해주고 싶다. 수많은 주전부리 중에 땅콩이 선택된 거야. 무수히 많은 경쟁자를 물리친 거라고. 작은 콩이 맵다, 아니 더 고소하다, 몰라?

최근 미디어 플랫폼의 다각화와 함께 인터넷을 기반으로 한 온라인 플랫폼의 등장은 콘텐츠 생산과 소비에 있어 장르적 경계를 무너뜨리며 큰 변화를 만들어냈다. 모바일 하나만 있으면 영화, 드라마, 웹툰, 웹소설 등 모든 문화콘텐츠를 시공간의 제약 없이 즐길 수 있는 세상이 된 것이다. 즉, 드라마의 경쟁자는 드라마를 시청할 시간에 할 수 있는 모든 유형의 활동이다. 만인에 대한 만인의 경쟁 속에서 살아남은 자만이 우리의 시선을 조금이라도 끌 수 있다. 왔노라, 보았노라, 이겼노라.(veni, vidi, vici)

여기까지 오는 데 레드카펫이 너무 길었다. 어쩔 수 없는 노릇이다. 심심풀이 땅콩에 관한 존재론적 고찰이라니. '정체성'을 논하는 이런 지나치게 진지한 글을 푸른 하늘이 미세먼지로 흔적 없이 지워진, 그래서 세기말의 풍경을 연상시키는 지금 이 순간이 아니면 도대체 언제 챙겨 읽는단 말인가. 이 글은 일종의 '신년 운세'와 같다. 도대체 나는 누구이고 너는 누구인가. 그러니까 우리는 어떻게 살아야 하는가. 나와 드라마, 그리고 우리의 미래에 대한 글.

우리는 지금까지 살아왔던 삶의 방식을 근본적으로 바꿀 기술혁명의 직전에 와 있다. 이 변화의 규모와 범위, 복잡성 등은 이전에 인류가 경험했던 것과는 전혀 다를 것이라고 전문가들은 입을 모아 말하고 있다. 2016년 3월 13일 인공지능 프로그램과 프로 바둑 기사와의 대결로 큰 화제를 모았던 딥마인드 챌린지 매치는 알파고가 4승 1패로 이세돌에게 승리하는 것으로 종결되었다. 그로부터 삼 년이란 시간이 흘렀다. 그때보다 우리는 삼 년 더 늙었고 그만큼 낯선 환경과 불확실한 미래에 대한 두려움도 더 커졌다. 그리고 영국드라마 〈휴먼스〉(2015~2018)는 시즌3으로 돌아왔다.

극중 인간에게 휴머노이드는 두 종류로 구분된다. 자의식이 없어 말 잘 듣는 '유용한' 로봇과 자의식이 있어 시키는 대로 하지 않는 '무용한' 로봇. 위험한 로봇들을 한데 모아 '게토'에 가두고 그들의 생명줄인 전력을 끊어버림으로써 인간은 휴머노이드 대량 학살을 감행한다. 인간과 휴머노이드의 대립구도와 스팩터클한 전쟁. 여기까지는 인공지능로봇을 소재로 한 여타 드라마와 영화에서 자주 활용되었던 서사전개다. 인간세계를 위협하는 미지의 존재에 대한 공포와 두려움이 결국엔 인간적 가치와 신념을 수호하는 용기와 인류애로 전환되는 그렇고 그런 이야기들. 하지만 〈휴먼스〉는 이전 작품들과 조금 다른 지점에서 스토리를 확장해나간다.

우선, 〈휴먼스〉의 주인공은 '휴먼'이 아니다. 주요 캐릭터의 대부분이 휴머노이드이며 인간이 아닌 휴머노이드의 시각, 그러니까 인간의 행동과 생각에 대한 휴머노이드의 대응방식을 보여주는 것에 초점을 맞춘다. 유대인의 게토처럼 좁은 공장 안에 갇혀 지내는 휴머노이드들. 부족한 전기로 인해 자신의 목숨이 위태로운 상황에서 그들은 자신의 순번을 양보해가며 공동체를 지켜나간다. 무력으로 제압하는 경찰에 의해 죽임을 당하면서도 그들의 입에서는 '평화'라는 단어가 흘러나온다. 그들이 원하는 것은 오직 인간과의 공존이다.

극중 유대인 대학살(홀로코스트)을 연상시키는 인간의 행동은 생존권을 수호하기 위한 자기방어라기보다는 그동안 '인간'이란 주류집단이 장악했던 그들만의 패러다임을 빼앗기지 않기 위한 선제공격으로 그려진다. 그들이 수호하는 인간적 가치와 신념은 인간이라는 종족 중심의 이데올로기일뿐 그 이상도 그 이하도 아니다. '인간 – 남성 – 이성애'를 주축으로 하는 인간사회의 가치체계 속에서 동성연인 니스카(휴머노이드)와 아스트리드(인간)는 획일화된 가치를 강요하는 이데올로기적 폭력성을 폭로하는 역할을 담당한다.

〈휴먼스〉의 휴머노이드는 세상에 분명 존재하지만 그 존재를 인정받지 못한 수많은 소수자를 대변하는 상징적 존재다. 휴머노이드의 인정투쟁 구호인 "Synths have a voice, and it will be heard(우리는 목소리를 낼 것이며 너희는 듣게 될 것이다)"가 2018년 UN에서 방탄소년단이 강조했던 "speak yourself(자신의 목소리를 내

자)"와 하나의 대화처럼 정교하게 맞물리는 것도 그 때문이다. 국적, 성별, 나이, 인종, 성정체성, 장애에 의해 자신의 목소리를 빼앗긴 수많은 묵음(默音)들과 지금 이 글을 말없이 읽고 있는 당신. 우리는 서로 다른 얼굴의 소수자들이다.

이제 더 이상 〈휴먼스〉는 휴머노이드가 상용화된 미래 사회를 배경으로 한 그렇고 그런 흔한 SF드라마가 아니다. 시즌1과 2에서 주요 스토리라인을 차지했던 인간과 휴머노이드 혹은 인간과 비인간의 대립구도가 무너지고 소수자성이 강조된 시즌3에 이르러 〈휴먼스〉는 '지금 여기' 그리고 '인간'에 대한 존재론적 질문을 던진다. '우리는 왜 인간인가'라는 성찰에서 시작해 '너희는 왜 인간이 아닌가'라는 문제의식으로 확장되다가 결국엔 '인간이란 무엇인가'라는 깊은 탄식에 도달한다.

시즌 3의 마지막 장면은 그래서 매우 의미심장하다. 인간과 휴머노이드 사이에서 태어날 아이. 그 아이가 살아갈 세상은 지금까지 우리가 살던 세상과는 전혀 다른 모습일 것이다. 그리고 이제 더 이상 우리는 우리가 알던 그 인간이 아니다. 인간은 인간으로 태어나는 것이 아니라 인간으로 만들어진다. 마치 휴머노이드에 자의식을 불어넣어 인간성을 만들어내듯 시즌 4를 기다리는 동안 우리가 할 일은 정해져 있다. 이것이 인간인가. 바로 나 자신에 대한 존재론적 성찰이다. 쑥과 마늘을 먹고 인간이 된 웅녀에 비하면 우리는 훨씬

조건이 좋은 편이다. 맛도 좋고 식감도 좋은 땅콩 아닌가. 심심풀이 땅콩과 같은 드라마. 오늘부터 〈휴먼스〉를 시즌 3까지 꼬박꼬박 성실하게 다시보기 하자. 그러면 우리의 내일은 지금보다 훨씬 더 밝고 고소할 것이다. 건강한 맛이다.

<알함브라 궁전의 추억> (tvN, 극본 송재정, 연출 안길호)

끝날 때까지 끝난 게 아니야

2000년대 초반, 여대생이라면 누구나 롤모델로 삼는 사람이 있었다. 전 세계를 누비며 자신의 꿈과 사랑을 마음껏 펼쳤던 '바람의 딸' 한비야(현 월드비전 세계시민학교 교장). 그녀가 이틀에 한 번 잔다는 걸 알기 전까지 나 역시 그녀를 한동안 흠모했다. 직접 발로 현장을 누비고 싶다는 나의 꿈은 시간이 흘러 세계 여러 나라에서 제작한 드라마를 침대에 누워 보는 것으로 변했고, 한비야가 떠난 자리에는 새로운 사람이 자리를 잡았다. 바로 송재정 드라마작가다.

그녀의 대표작 <나인>(2013)은 20년 전 과거로 돌아갈 수 있는 신비의 향 9개를 얻게 되면서 펼쳐지는 이야기로, 반전의 반전을 거듭하는 긴장감 넘치는 서사 전개 덕분에 작품성과 대중성 모두 큰 호평을 받았다. 지금의 '작가 송재정'은 물론이고 '드라마왕국 tvN'이 되기까지 큰 주춧돌 역할을 한 작품이다.

하지만 나에게는 〈W〉(2016)가 가장 강렬한 인상으로 남아 있다. 드라마를 보는 내내 고통에 몸부림쳤던 짜릿한 기억 때문이다. 서당 개 3년이면 풍월을 읊는다고, 오랫동안 드라마를 꾸준히 보아 온 성실한 시청자들은 드라마가 어떻게 흘러갈지 훤히 꿰뚫고 있다. 다 아는 내용을 왜 보는 거냐고 묻고 싶겠지만, 매끼 먹는 밥맛의 미묘한 차이를 구분할 수 있는 사람만이 진정한 미식가인 것처럼 진정한 드라마 애호가들은 사소한 대사 한 줄에서도 품격을 감별해낼 수 있다. 명품과 짝퉁이 겉보기엔 비슷해 보여도 그 차이를 아는 사람은 알지 않는가.

웹툰 주인공 강철과 웹툰 작가의 딸 오연주의 사랑과 모험에 관한 이야기인 〈W〉는 현실과 웹툰 세계를 오가며 벌어지는 사건들을 흥미진진하게 풀어낸다. 만화를 찢고 나온 남자, 일명 '만찢남'이란 표현은 송재정 작가의 손길에 힘입어 생명력을 얻게 된다. 무엇보다 놀라운 것은 철저하게 시청자들의 예상이 벗어난 지점에서 이야기가 시작되고 또 확장된다는 점이다. 내가 지금 먹는 게 찰밥인지 보리밥인지 질은 밥인지 된 밥인지 음미할 겨를이 없다. 웹툰 세계와 현실을 오가는 동안 너무나 낯선 맛이 혀를 휘감고 미각을 매혹한다. 극 전개를 추리하기는커녕 스토리를 따라가기에 바쁘다가 나중엔 그조차 포기하고 작가가 이끄는 대로 무력하게 드라마를 시청할 수밖에 없다. 끊임없이 추가되는 가상세계의 규칙이 인위적이라고 느껴질 때도 있지만 이런 규칙을 계속해서 만들어내는 엄청난 상상력에 압도되어 금세 고분고분해지고 만다. 일방적인 나의 패배였다.

2019년 화제작 〈알함브라 궁전의 추억〉(이하 〈알함브라 궁전〉)은 증강현실 게임을 주요 모티프로 현실과 게임 세계를 오가며 이야기가 전개된다. 이쯤 되면 송재정 작가를 끊임없이 새로움에 도전하는 '무한도전'의 아이콘이라고 불러도 되지 않을까 싶다. 한국드라마 역사에 있어 가장 문제적인 작품 중 하나로 기록될 것이 분명한 이 드라마는, 게임 유저들이 게임 캐릭터의 회복력을 높이기 위해 실제 편의점에 들어가 토레타를 마시고 서브웨이에 가서 샌드위치를 먹는 장면에서 감탄과 경의를 표하게 된다. 단순히 드라마 PPL로서 특정 브랜드의 음료와 음식이 등장하는 것이 아니다. 이 모습은 가까운 미래에 우리가 직면하게 될 세상, 그러니까 가상세계와 현실의 경계가 무너진, 더 나아가 실재보다 더 실재 같은 '시뮬라크르'의 세계를 보여준다는 점에서 주목할 만하다. 알함브라 궁전의 '추억'이 아니라 '예언'이랄까.

그동안 송재정 작가는 시간여행 모티프를 기반으로 한 판타지 드라마를 연달아 선보여왔다. 판타지는 장르 특성상 현실의 논리와는 다른 환상적 세계를 그럴듯하게 재현하기 위한 정교한 내적 질서가 먼저 구축돼야 한다. 우리가 보았던 판타지 드라마들이 미지 (未知)의 미래가 아닌 익숙한 과거로 가는 이유가 대부분 여기에 있다. 비현실적인 세계를 현실적으로 그려내야 하는 어려움, 즉 판타지는 비현실성과 현실성이라는 '양날의 검'이기 때문이다.

〈알함브라 궁전〉의 첫 회에서 주인공 유진오가 제일 먼저 획득한 게임 무기가 '검'이라는 것은 그래서 상징적이다. 검을 획득함으로써 그는 다른 유저와의 대결에서 승리를 거머쥐고 나중엔 마스터로 승격할 수 있는 발판을 만들게 된다. 하지만 현실에서는 정신이상자와 살인자로 내몰리면서 쫓기는 신세가 된다. 현실을 압도하는 비현실적 환상의 세계. 〈알함브라 궁전〉 속 판타지는 '지금 여기 우리'의 삶을 담보로 게임 퀘스트를 진행하는 과정에서 구현된다. 이것이 진정 현실인가 환상인가. 우리가 보고 있는 것은 과연 드라마인가 게임인가 혹은 우리가 살아갈 미래인가. 모든 것의 경계가 무너진 혼돈의 세계. 판타지 드라마의 형식실험을 극대화한 작품이 바로 〈알함브라 궁전〉인 것이다.

안타깝게도 형식실험에 대한 찬사가 쏟아지던 방영 초반과 달리, 시간이 흐르면서 점점 혹평이 많아졌다. 드라마 초반은 유진오가 게임 유저로서 레벨업 하는 과정을 다룬 모험서사 중심이다. 반면에 중반 이후부터는 게임의 오류를 발견하고 그것을 추적해가는 추리서사가 진행된다. 모험과 추리 모두 퀘스트(사건)을 해결한다는 점에서는 유사한 성격을 가진다. 하지만 모험은 속도감에, 추리는 지적 유희에 방점을 찍는다는 점에서 서사의 리듬이 다르다. 전자가 동적(動的)이라면 후자는 정적(靜的)이다. 이로 인해 드라마 전개가 상대적으로 느슨해졌다는 느낌을 주는 것이다.

서로 다른 두 서사의 충돌을 완화할 수 있는 유일한 사람이 두 서사의 중심에 있는 주인공 유진오다. 그런데 드라마 15화에서 "나의 이야기는 여기서 끝났다."라고 그는 이야기한다. 아직 드라마는 끝나지 않았는데 주인공의 이야기가 끝났다니 도대체 이게 무슨 말도 안 되는 상황이란 말인가. 더욱 놀라운 것은 15화까지 메인 캐릭터로 활약하던 그를 죽음 혹은 소멸로 이끈 사람이 바로 정희주란 사실이다. 존재감이 없어도 너무 없다는 악평을 받았던 그 여자 주인공.

정희주는 극중 1인 2역으로 인간 정희주인 동시에 게임 캐릭터 '엠마'다. 유진오의 심장에 칼을 꽂으며 버그 삭제를 과감히 진행하던 그 여자. 평소에는 기타를 치며 최 팀장의 사무실 구석에 얌전히 앉아있다가 천국의 열쇠를 쥔 다음부터 돌변하여 게임을 리셋하는 인물이다.

"천국의 열쇠와 파티마의 손이 맞닿았을 때 비로소 천국의 문이 열린다."

그렇다. 송재정 작가의 목표는 게임의 모든 퀘스트를 깨고 마스터가 되어 오류를 해결하는 것이 아니다. 게임을 리셋하는 것이다.

그러니까 유진오의 모험과 추리는 드라마의 진짜 주인공 정희주가 등장할 무대를 만들어주기 위함이다. 유진오가 입맛을 돋우는 에피타이저라면 정희주는 코스 요리의 '메인 디쉬'인 셈이다. 아뿔싸, 작가에게 또 당했다!

 게임 버그가 되어 존재가 지워진 유진오를 찾아 정희주가 게임 속으로 들어갔을 때 비로소 〈알함브라 궁전〉의 진짜 이야기는 시작된다. '엠마' 정희주는 이 게임의 개발자인 동생을 엄마처럼 돌보는 누나이자 그 집의 가장이다. 그녀가 만들어갈 세상은 남자 개발자가 만든 세상처럼 폭력적이지도 않고 오류도 없는, 인간에 대한 연민과 사랑이 넘치는 세상이다. 그녀가 두 번 이혼한, 자기애가 지독히 강한 유진오를 사랑하게 된 건 그 때문이다. 그가 잘생긴 게임회사 대표가 아니라 그녀의 게스트하우스에서 추락한 불쌍한 사람이기 때문이다. 유진오가 마지막을 맞이한 장소가 성당의 예수상 앞이라는 것은 그래서 의미심장하다. 필요에 따라 어디든 옮겨 다니는 엠마의 모습은 우리가 위기에 처할 때마다 우리 앞에 현현하는 신의 모습을 닮아있다.
 모든 것을 잃고 추락을 거듭하던 유진오는 정희주에게 묻는다. "날 믿어준다고 말할 수 있어요?" 벼랑 끝에 위태롭게 서 있는 우리를 구원해줄 한 마디, 그건 바로 '믿음'이다. 날 믿어줄 단 한 사람만 있다면 그래도 살만한 세상인 것이다. 두려워하지도, 걱정하지도

말자. 우리에겐 회복력을 높여주는 마법의 주문이 있지 않은가. 엠마!

'엠마'라고 불렀는데, '엄마'나 '어머나'라고 들리는 건 전적으로 당신의 기분 탓이다. 자, 우리의 삶 속으로 용기 있게 로그인하자. 드라마는 끝났지만 우리가 살아갈 미래는 지금부터 시작이다. 열린 결말임에도 시즌2가 없는 이유는 그 후의 이야기가 지금까지 얌전히 앉아 드라마를 시청한 우리들의 몫이기 때문이다.

〈하늘에서 내리는 일억 개의 별〉 (tvN, 극본 송혜진, 연출 유제원)

삶이 그대를 영원히 속일지라도

먼저 사과를 해야 할 것 같다. 오빠, 미안해.

〈하늘에서 내리는 일억 개의 별〉(이하 〈일억 개의 별〉)을 볼 때 몰입하기 힘들었다. 남매간의 사랑 이야기라는데 자꾸만 현실 속의 오빠가 떠올랐다. 배우 서인국과 이미지 불일치 때문만은 아니었다. 사랑스러운 눈빛으로 오빠와 얼굴을 마주 보고 대화한다는 것이 내게는 너무 낯선 풍경이었다. 배우 문근영이 '국민 여동생'으로 한창 인기를 끌던 시절, 사람들은 여동생의 실체를 모른다며 남몰래 상처받은 표정을 짓던 그 오빠가 아니던가. 장담컨대, '나를 이렇게 대한 여자는 네가 처음이야.'라는 대사는 분명 여동생이나 누나가 없는 남자일 확률이 높다.

〈일억 개의 별〉(2018)은 동명의 인기 일본드라마(2002)를 원작으로 하고 있기에 줄거리가 이미 노출되어 있다. '괴물'이라 불리는 위험한 남자와 그와 같은 상처가 있는 여자의 비극적인 사랑 이야기. 뒤늦게 출생의 비밀이 밝혀지는데 서로 다른 환경에서 자란 남녀 주인공은 사실 남매다. 결국, 드라마 자체가 스포일러인 셈이다.

드라마제작발표 당시 오빠와 여동생의 사랑이라는 소위 막장 설정 덕분에 꽤 많은 주목을 받았다. 하지만 남매간 사랑의 원조를 굳이 따지자면 일본보다는 우리 대한민국이다. 한국을 넘어 전 세계적으로 큰 인기를 끌었던 〈가을동화〉(2000)의 남녀 주인공은 병원에서 뒤바뀐 운명 탓(덕분)에 남매로 자라다가 나중에 남남이 되어 다시 만나면서 서로의 사랑을 확인한다. 일드 〈일억 개의 별〉보다 2년 앞서 방영되었다. 다른 점이 있다면 하나는 남매였다가 나중에 연인이 되는 것이고 다른 하나는 연인이었다가 나중에 남매가 되는 것이다.

남매간의 사랑 말고도 〈일억 개의 별〉은 제작 당시 또 하나의 벽에 봉착해 있었다. 바로 비극적 결말이다. 남매간의 사랑으로 시작한 드라마는 남매의 죽음이라는 파격적인 결말로 끝난다. 때문에 한국에서 리메이크된다는 소식과 함께 큰 이슈 몰이를 했다. 첫 방송을 마치고 드라마 제작진은 "아직 결말은 미정이다. 어떤 결론을 그려낼지 제작진이 고민을 거듭하고 있고 현재까지도 논의 중이다."라고 따로 의견을 발표하기도 했다.

자고로 한국드라마의 미덕이란 마지막 회에 모든 갈등이 갑자기 해결되면서 해피엔딩으로 끝나는 것이다. 이게 뭐야, 순 억지 아니야. 이렇게 시청자들이 불평하더라도 편안한 마음으로 잠자리에 들 수 있게 해주는 배려와 너그러움이랄까. 그런데 〈일억 개의 별〉의 남녀 주인공은 비극적 사랑을 하는 것도 부족해 서로 죽고 죽이는 '죽음의 뫼비우스 띠'에 의해 희생된다.

특유의 한국적 정서 운운하며 일본드라마 리메이크에 대한 우려가 많았지만 사실 우리에게는 이보다 더하면 더했지 덜하지는 않은 '드라마 주인공의 잔혹사'가 있다. 소지섭과 조인성 그리고 하지원 주연의 〈발리에서 생긴 일〉(2004)은 엇갈린 사랑 때문에 절망한 남자 주인공이 다른 두 남녀 주인공을 죽이고 자살하는 독특한 결말로 화제를 모았다. '일본드라마는 강렬하고 자극적이며 한국드라마는 순수하고 서정적이다'라는 인식은 편견에 불과하다. 우리는 우리가 생각한 것보다 훨씬 강하고 담대하며 파격적이다.

그럼에도 불구하고 〈일억 개의 별〉을 리메이크한 한국 제작진은 드라마 결말을 바꾸는 초강수를 두었다. 남녀 주인공은 모두 죽지만, 남매는 아니었고 서로의 죽음에 직접적인 원인이 되지도 않는다. 남매'처럼' 가까운 사이였다는 설정으로 천륜을 건드리지는 않는 선에서 〈가을동화〉식으로 아름답게 마무리 짓는 것이다. 하지만 한국 시청자들은 이럴 거면 왜 리메이크를 한 것이냐며 불같이 화를 냈다. 정확히는 얼음같이 화를 냈다. 한 자리 숫자의 저조한 시청률이 차가운 무관심의 결과였다. 그렇게 떠들썩하게 혹은 조용하게 드라마는 사람들의 기억에서 지워졌다.

이상한 일이었다. 자꾸 김무영의 얼굴이 떠올랐다. 배우 서인국을 개인적으로 좋아한 건 아니었다. 그런데 그의 얼굴이 첫사랑의 추억처럼 아른거려 수시로 마음이 무겁게 가라앉았다. 냉소적인 표정으로 목숨 건 내기를 즐기는 모습도, 사랑에 빠져 옥탑방 좁은 평상에 연인과 구부정하게 누워있는 모습도, 세상의 모든 절망에 짓눌린 듯 터벅터벅 혼자 걸어가는 뒷모습도 그는 너무나도 '김무영'이었다.

역시 인생이란 건 길고 짧은지 끝까지 가봐야 아는 것일까. 〈일억 개의 별〉은 문화장벽을 고려해 설정을 변경한 덕분에 의외의 지점에서 깊은 여운을 만들어낸다. 원작 일본드라마가 남매라는 설정으로 '김무영과 유진강'의 러브스토리가 중심이었다면 리메이크된 한국드라마는 운명의 소용돌이 속에서 고통받는 김무영의 인생스토리가 드라마를 관통한다. 결말이 바뀌면서 드라마의 무게중심이 '김무영'이라는 '평범한 개인'으로 이동한 것이다.

김무영은 유진강과 우여곡절 끝에 연인이 되지만 여러 차례 위기에 직면한다. 문제 상황마다 고민하고 선택하고 행동하는 것은 모두 김무영의 몫이다. 아버지를 죽인 사람이 자신이 사랑하는 연인의 오빠라는 것을 알고 그는 분노한다. 하지만 그 오빠 유진국이 유진강을 사랑으로 입양해 키웠다는 것을 알게 되면서 그를 용서한다. 하지만 유진강의 친부모님을 죽인 것이 자신의 아버지라는 것을 알게 되면서 그는 다시금 절망한다. 사이비 종교에 빠진 아내를 찾는 과정에서 아버지가 함께 있던 유진강의 부모님까지 죽이게 된 것이다. 숨은 진실이 계속 밝혀질 때마다 김무영은 혼자 고민하고 아파한다.

"나한테 너는 그냥 너야."라며 힘겹게 사랑을 지켜나가던 어느 날, 김무영은 자신과 그녀가 남매라는 것을 알게 된다. 굳은 결심으로 그녀에게 상처 주지 않기 위해 모든 것을 숨긴 채 헤어지려 하지만 그녀에게 그것을 폭로하겠다는 장세란을 죽이게 되면서 경찰에 쫓기는 신세가 된다. 드라마의 절정은 바로 이 지점이다. 원작과 리메이크가 갈리는 지점이기도 하다. 사실 두 사람은 남매가 아니었고 남매처럼 서로 아끼던 사이였다는 진실을 그가 뒤늦게 알게 되면서 그의 삶은 완전히 그의 손에서 떠나간다. 한 여자를 사랑한 대가가 살인자라니! 오히려 남매라고 믿었을 때, 그러니까 지킬 것이 있었을 때 그는 덜 불행했을지 모른다.

"나를 키운 건 팔 할이 지루함"이라던 김무영의 인생은 한 치 앞을 알 수 없을 만큼 카오스로 치닫는다. 결국 그는 "너무 화가 나요. 뭔가 나를 너무 가지고 놀아서"라고 절규하며 "인생을 여기서 리셋하고 다시 시작하고 싶다"는 깊은 체념에 빠진다. '삶이 그대를 속일지라도 슬퍼하거나 노여워하지 말라/슬픔의 날을 참고 견디면 기쁨의 날이 오리니.'라고 푸시킨은 이야기했지만, 1799년생 老 시인의 시에서 우리가 깨닫는 건 오래전부터 삶은 우리를 계속 배신해왔구나, 라는 깊은 탄식뿐이다. 영화 〈박하사탕〉(1999)의 유명한 대사 "나 돌아갈래"를 굳이 떠올리지 않더라도 우리에게는 너무나도 많은 배신의 상처가 있다.

인생 리셋. 이보다 슬픈 고백은 없다. '지금 여기'의 모든 것이 실패했음을 인정할 수밖에 없는 잔인한 현실에서 우리는 어떻게 살아야 하는 걸까. 잃을 것이 아무것도 없는 극악의 상황에서 인간은 과연 선함을 유지할 수 있을까. 설사 그가 악해진다고 해도 그를 비난할 수 있을까. 고통받는 인간의 대명사인 구약성경의 욥은 그래도 김무영보다는 한결 은혜로운 삶을 살았다. 절대 목숨은 건드리지 말라는 신의 엄명 덕분에 사탄의 시험은 그의 가족과 친구, 그리고 재산을 빼앗는 것에 그친다. 나중에 시험에 통과한 욥이 신으로부터 몇 배의 보상을 받을 수 있었던 것도 그가 살아있었기 때문이다. 하지만 김무영은 얄궂은 운명의 장난을 원망할 틈도 없이 장세란의 아버지에게 살해당한다. 그것도 사랑하는 연인과 함께.

〈일억 개의 별〉은 끝없이 추락하는 김무영의 인생을 통해 '참을 수 없는 존재의 가벼움'에 대해 깊이 묵상하게 한다. 어쩌면 우리에게 필요한 것은 어떤 상황에도 꺾이지 않는 불굴의 선한 의지가 아니라 '애도의 시간'인지 모른다. 충분히 슬퍼하고 여유롭게 위로할 시간. 우리는 슬픔에 너무나 인색하다. 하늘에서 내리는 일억 개의 별은 그래서 꼭 '일억 개'여야 한다. 별 하나에 추억과, 별 하나에 사랑과, 별 하나에 쓸쓸함과, 별 하나에 동경과, 별 하나에 시…… 오늘도 '별 헤는 밤'이 깊어간다. 김무영은 애써 눈물로 지운 우리의 슬픈 자화상이다.

왕관을 쓰려는 자, 그 무게를 견디어라

공동 집필까지 불사하며 액션 장르에 도전한 〈태양의 후예〉(2016), 신적 존재와 사후세계에 대한 철학적 사유를 보여준 〈도깨비〉(2017) 등 최근 작품들을 보면 김은숙 작가는 로맨틱 코미디의 대모에서 끊임없이 성찰하고 도전하는 '드라마 장인'으로 한 단계 도약하고 있음이 확실하다. 작가가 그동안 자신의 영혼을 지탱해 왔던 육체를 바꾸기란 결코 쉬운 일이 아니다. 하지만 그녀는 여러 차례 자신의 육체를 바꾸며 작품세계를 확장하고 있다. 실패를 두려워하지 않는 그녀의 도전정신과 열정이 지금의 그녀를 만들었을 것이다. '극본 김은숙'이란 이유로 드라마를 시청하는 세상에 우리는 지금 살고 있다.

그래서였다. 〈미스터 선샤인〉(2018)을 보는 내내 마음이 조마조마했다. 그녀의 팬으로서 이번에도 대중의 사랑을 많이 받길 바라는 마음이 칠 할이었고 나머지 삼 할은 그녀가 무거운 짐을 과연 끝까지 감당할 수 있을까 걱정하는 마음이었다. 제작비 430억이라니. 도대체 시청률이 얼마나 나와야 손익분기점이 맞는 걸까. 시청자로서 하지 않아도 될 걱정까지 하는 나 자신이 한심스러웠지만 어쩔 도리가 없었다. 나는 〈미스터 선샤인〉이 잘 되길 바랐다. 진심으로.

김은숙 작가에 대한 팬심은 당연한 것이었고 혹 드라마가 성공하지 못했을 때 제작에 참여한 수십 수백 명의 땀과 열정, 그리고 그들의 현재와 미래가 자못 걱정스러웠다. 〈상속자들〉(2013)의 재벌 2세 김탄은 가사도우미 딸과 사랑에 빠지면서 집안 반대에 봉착하는데, 정략결혼의 파기는 기업 위기를 초래하고 그것은 회사 오너만의 문제가 아니라 수백 수천 명의 직원과 직원 가족들의 생계가 걸린 중대한 사건으로 묘사된다. 김은숙 작가가 집필한 이 드라마의 부제는 '왕관을 쓰려는 자, 그 무게를 견뎌라'다.

드라마를 소파에 누워 편하게 감상하지 못하게 막은 것은 그러니까 나의 오지랖이 아니라 김은숙 작가였다. 드라마 감상이라는 사소한 행위가 누군가에게는 절대적 영향력을 행사할 수 있다는 사실이 나를 무겁게 짓눌렀다. '감상'에서 '창작'으로 단어를 바꾸어도 그 의미는 달라지지 않았다. 나로서는 도저히 상상하고 싶지 않은 책임감이었다. 내가 쓰는 글에 수십 명의 생계가 걸려있다니.

맙.소사.

지난 작품들에 비해 화제성은 다소 약했으나 〈미스터 선샤인〉은 꽤 높은 시청률을 기록하며 종영했다. 김은숙 작가의 필모그래피에 또 하나의 작품이 무사히 안착한 것이다. 작가 특유의 감각적인 대사와 문학적 상징은 여전히 빛을 발했고 엄청난 제작비에 걸맞은 화려한 영상도 대중들의 시선을 끌기에 충분했다. 무엇보다 '고애신'이란 캐릭터의 출현이 내게는 매우 인상적이었다.

그동안 김은숙 작가가 집필한 작품들을 살펴보면 주로 남자 주인공이 대중의 주목을 받았다. 안하무인 재벌과 평범한 여자의 만남을 중심사건으로 하는 신데렐라 스토리 즉, '사랑받는 여성'으로서의 캐릭터설정이 로맨틱코미디 장르의 주요 시청자인 2030대 여성들에게 매우 유효했다는 게 일반적인 견해였다. 남자의 사랑으로 행복해지는 여자의 이야기에서 중요한 건 역시 '잘생기고 능력 좋은 남자'니까 말이다. 그런 의미에서 그녀의 드라마가 여성을 위한 판타지라는 것에 동의한다. 하지만 여성의 욕망이 아닌 남성의 구원에만 초점을 맞춰 여성의 주체성을 저해하는 얄팍한 상업드라마로 폄하되는 것에는 수긍하기 어렵다.

아무도 알아주지 않을지라도 직업적 소명감에 가득 차 있는 〈시크릿 가든〉(2010)의 스턴트우먼 길라임, 무례한 재단 이사장에게 날카로운 일침을 던지는 외모와 실력을 겸비한 〈태양의 후예〉

(2016)의 의사 강모연, 타인의 죽음을 막기 위해 자신의 목숨을 내놓은 〈도깨비〉(2017)의 방송국 PD 지은탁, "꽃으로 살길 거부하고 불꽃으로 살길 원하는" 그들의 삶을 과연 어떻게 해석할 것인가. 단연컨대 김은숙 작가의 드라마에 등장하는 '러브'를 남자와 여자의 관계에서만 바라보는 것은 드라마의 절반만 보는 것이다. 자, 윙크하듯 한쪽 눈을 감아보길 바란다. 익숙하고 편한 것을 포기함으로써 당신은 새로운 눈을 얻을 수 있다. 이제 당신 앞에 놓인 신데렐라 스토리는 달라질 것이다.

'부유한 (남자)사람과 가난한 (여자)사람이 만나 서로에 대한 몰이해로 툭탁거리다가 우여곡절 끝에 서로의 모든 것을 공유하는 사랑의 연대를 형성한다.' 등장인물의 성별이 지워진 자리에 무겁게 가라앉아 있는 '계급'이 보이는가.

최근 몇 년 사이 '흙수저론'과 '헬조선'에 대한 이야기가 매체를 불문하고 흘러넘쳤다. 흙수저의 절망을 적나라하게 재현하고 금수저를 향한 분노를 스펙터클하게 보여주기. 시청자(관객)의 절대다수를 차지하는 흙수저의 카타르시스를 자극하는 이러한 스토리라인은 꽤 많은 드라마와 영화에서 높은 시청률과 흥행성적을 보장하는 공식으로 활용되고 있다. 하지만 '눈에는 눈, 이에는 이'와 같은 복수는 일종의 굿과 같아서 분풀이는 될 수 있을지언정 문제를 해결하는 근본적인 성찰의 지점을 만들어내지는 못한다. 또한 목적이 수단을 정당화할 수 없듯 어느 한쪽이 희생되고 소외된 상황에서 얻어진 평화는 자기기만일 뿐이다. 금수저든 흙수저든 결국엔 헬조선에 살고 있는 서로 다른 모습의 '나'이기 때문이다. '나'와의 싸움은 그래서 늘 "새드엔딩"이다.

〈미스터 선샤인〉은 20세기 초 대한제국을 배경으로 하고 있지만 '지금 여기'의 이야기와 별반 다르지 않다. 세계열강에 둘러싸인 대한제국의 위태로운 모습도 암울한 미래에 고통받는 청춘들의 삶도 2018년 여전히 현재진행형이다. 조선에서 도망친 노비 출신 미국인 대위 유진 초이와 백정 출신으로 일본 낭인의 삶을 사는 구동매(이시다 쇼)는 출구 없는 헬조선이 낳은 흙수저의 전형을 보여준다. 자기 자신을 버려야만 살아남을 수 있는 세계에서 그들의 선의는 번번이 배신당하고 깊은 절망만이 그들을 반길 뿐이다. 이런 상황에서 김은숙 작가는 흙수저의 분노를 껴안는 동시에 그들에게 희망을 안겨주는 '두 마리 토끼' 프로젝트를 야심차게 실행하며 해피엔딩을 꿈꾼다.

첫 번째 토끼는 금수저의 몰락이다. 극중 김희성은 한성 최고 부자 집안의 일본 유학생 출신 룸펜으로 집안, 외모, 학력 등 모든 면에서 월등한 인물로 묘사된다. 하지만 수시로 봉변을 당하는데, 그럴 때마다 그는 입버릇처럼 "누구 횡포인지, 조부인지, 내 아버지인지" 하고 묻는다. 악랄한 조부가 축적한 부로 여유로운 생활을 누리지만 그에게는 그만큼의 업보가 따라온다. '용서받지 못한 자'로서 그와 그의 가족들은 "평생 속죄하는 마음"으로 반성과 성찰의 삶을 살게 된다.

두 번째 토끼는 금수저의 희생이다. 얼핏 보면 몰락과 비슷한 것 같지만 자발적 의지의 발현이라는 점에서 완전히 구별된다. 평상시에는 고운 한복을 입고 가마를 타고 다니지만 상부의 지령이 떨어지면 "호강에 겨운" 양반집 애기씨 고애신은 검은 정장과 검은 마스크를 쓴 의병으로 변신한다. 작금을 낭만의 시대라 부르며 가배, 양장, 박래품에 낭만의 의미를 두는 이들과는 달리, 그녀는 "독일제 총구에 낭만이 있다"고 생각하는 스나이퍼로 "어차피 피었다 질 꽃이면 제일 뜨거운 불꽃이고 싶다"라는 마음가짐으로 의병 활동에 매진한다. 한때 그녀는 미국인 장교 유진 초이가 노비 출신이라는 것 때문에 그와 이별했지만 "귀하가 구하려는 조선에는 누가 사는 거요? 백정은 살 수 있소? 노비는 살 수 있소?"라는 그의 질문에 깊이 각성하고 '모두'를 위한 조선을 만들기 위해 목숨 건 의병활동을 펼친다.

〈미스터 선샤인〉의 두 마리 토끼를 통해 김은숙 작가가 전달하고자 하는 메시지는 분명하다. 존경받는 사회지도층의 자격은 물질 자본이나 사회적 명성이 아닌 그것에 따른 사회적 책무에 의해 결정된다는 것, 그리고 헬조선 탈출은 흙수저의 '노오력'뿐 아니라 금수저의 '치열한 자기반성을 통한 희생'이 전제가 될 때 가능하다는 것이다. 그것이 바로 〈시크릿 가든〉(2010)의 재벌 2세 김주원이 강조한 "노블레스 오블리주"이며 〈상속자들〉(2013)의 재벌 2세 김탄이 감당해야 할 "왕관의 무게"이다. 그리고 〈미스터 션샤인〉(2018)의 고애신이 정혼자 김희성과의 꽃길을 마다하고 노비 출신 유진 초이와 사랑에 빠지는 이유다. 김은숙 작가의 드라마 속 '러브'는 남자에서 여자로 혹은 여자에서 남자로 흐르는 것이 아니라 위에서 아래로, 양반에서 노비와 백정으로, 가진 자에서 가지지 못한 자에게로 내려온다. "늑대와 어린 양이 함께 풀을 뜯는" 파라다이스는 그렇게 완성되는 것이다. 와우!

이보다 놀라운 것은 재벌로 시작한 사회지도층의 범위가 최근에 와서 점점 확장되고 있다는 점이다. 앞서 언급한 재벌이나 양반과는 그 결을 달리하지만 〈태양의 후예〉(2016)에서는 군인과 의사, 〈도깨비〉(2017)에서는 왕과 무신, 〈미스터 션샤인〉(2018)에서는 한 나라의 백성으로서 소명의식과 사회적 책임감이 강조된다. '권력형 성폭력'에 희생당한 어머니 때문에 일본 낭인이 되어 친일 행각을 벌이는 구동매를 고애신이 엄하게 꾸짖는 장면에서는 더 이상 어떤 변명도 통하지 않는다는 엄중한 경고를 깨닫게 된다. 나라의 주인은 국민이니까 '일본 낭인' 구동매도 '백정' 구동매도 넓은 의미의 사회지도층이 맞다. 이제 그 비판의 칼날이 우리 앞에 도달하는 건 시간문제다. 맙. 소. 사.

이미 늦었다. 로맨틱코미디의 대모 김은숙 작가가 이런 정치적이고 계몽적인 드라마를 썼을 리 없다고 부정해봤자 소용없다. 시장실의 말단 비서였던 10급 공무원이 시장으로 당선되면서 벌어지는 일들을 그린 〈시티홀〉(2009)에서 이미 그녀는 자신이 말하고자 하는 바를 우리에게 충분히 전달했다. 드라마의 기획 의도는 아래와 같다.

"정치를 바라보는 국민들의 냉소와 외면이 기대와 희망으로 바뀌지길 꿈꾼다."

'정치'란 단어 대신 '사회지도층' 혹은 '한국' 혹은 '당신'을 번갈아 넣어도 아무런 문제가 없다. 김은숙 작가를 향한 우리의 신뢰는 그러니까 그녀가 집필한 드라마의 높은 시청률이 아니라 십여 년 동안 그녀가 보여준 작품세계의 진정성에 있다고 하는 것이 타당할 것이다. 로맨틱코미디라는 가벼운 포장지로 감싸있었을 뿐 그녀가 드라마를 통해 전달하고자 했던 메시지는 절대 가볍지 않다. 오히려 너무 무겁기 때문에 로맨틱코미디라는 장르적 서사전략이 필요했을 거라는 추측까지 가능하다.

왕관의 무게가 너무 무거웠던 것일까.

극 초반 고애신은 '너무 빨리' 세 명의 남자들에게 맹목적인 사랑과 헌신을 받기 시작한다. 존경받는 사회지도층으로서 그녀는 사랑받기에 충분하지만 남자들이 그녀를 사랑하기 시작한 시점은 분명 그녀가 의병이라는 걸 알기 전이다. 그녀의 아름다운 외모에 반했다고 하기에는 인물들을 둘러싼 사건들의 무게가 너무 무겁다. 암울한 시대 상황과 맞물려 그들의 '러브'는 비장미를 품고 있는데 캐릭터가 사건을 이끌고 나가는 것이 아니라 사건이 캐릭터를 끌고 가는 느낌을 준다. 사랑해야 해서 사랑하고 죽어야 해서 죽는, 그러니까 당위성에 대한 강요처럼 느껴진다. 방영 내내 캐릭터 '케미'가 약하다는 평가가 많았던 것은 배우 캐스팅의 문제라기보다는 스토리를 압도하는 메시지의 무게 때문으로 보인다.

지금 이 순간 〈미스터 션샤인〉에 필요한 건 영화와 같은 장엄하고 웅장한 디지털 VFX(Visual Effects)가 아니라 드라마 장르 특유의 '지극히 사소한 일상'의 미학이다. "이태리 장인이 한 땀 한 땀 손수 수놓은" 재벌 2세 김주원의 '츄리닝'이 명품인 이유는 시선을 사로잡는 화려한 스팽글이 아니라 한 땀 한 땀 촘촘하게 만들어낸 '정교한 편안함' 때문이다. '드라마 장인' 김은숙 작가가 그걸 모를 리 없을 것이다.

〈사의 찬미〉 (SBS, 극본 조수진, 연출 박수진)

왜 당신은 이토록 아름다운가!

우리는 살아가는 동안 꽤 많은 갈림길을 만난다. 짬뽕 먹을까 자장면 먹을까, 라는 사소한 고민부터 죽느냐 사느냐, 라는 무거운 고뇌까지 다양한 주제로 우리는 선택을 요청받는다. 그나마 선택지가 두 개뿐일 때는 마음이 한결 편안하다. 천 개의 고원이 각자 자신만의 얼굴로 우뚝 서 있는 걸 목격하면 그때부터는 정신이 아득해진다. 수백 개의 채널에서 동시다발적으로 드라마를 송출해내는 작금의 상황이 시청자에게는 최고의 기회이자 최악의 위기다. 도대체 어떤 드라마를 봐야 한단 말인가.

아, 예술은 길고 인생은 짧다고 했던가. 아무리 열심히 드라마를 보고 또 봐도 우리에게는 '아직' 보지 않은 드라마들이 너무나도 많다. 두 시간이면 한 편 뚝딱 해치울 수 있는 영화라면 모를까. 드라마는 한 번 보기 시작하면 최소 열여섯 시간이다. 시즌제로 넘어가면 그 시간은 곱절로 뛴다. 세상의 모든 드라마를 사랑해주고 싶지만 사정이 이러하다 보니 시청자들은 선택과 편애의 과정을 거칠 수밖에 없다. 미안하다, 사랑한다.

2018년 겨울 비슷한 시기에 방영한 〈황후의 품격〉(SBS)과 〈남자친구〉(tvN)는 제작발표부터 큰 주목을 받았다. 유명 작가가 집필하는 드라마(작가 김순옥)와 유명 배우가 출연하는 드라마(배우 송혜교·박보검)의 대결이라는 점에서 대중의 시선을 끌기에 충분했다. 많은 드라마가 소리 없이 시작해 소리 없이 끝나는 것에 비하면 이번 게임은 누가 승자가 되든지 홍보 효과만큼은 확실한 셈이었다. 물론 나는 둘 다 보았다. 달콤한 허니 와플 같은 〈남자친구〉는 잠들기 전 본방송으로, 매운 불닭볶음면 스타일의 〈황후의 품격〉은 나른한 오후에 다시 보기로.

최근 드라마 시청패턴이 '본방사수'에서 '몰아보기'로 바뀌면서 편애의 강도는 전보다 더욱 강력해졌다. 입소문이 맛집에만 해당하는 것은 아니다. 하루는 24시간으로 유한하고, 세상에 존재하는 드라마는 셀 수 없이 많다. 수많은 갈림길에서 시청자들은 언론 보도 기사와 온라인 댓글, 그리고 주변 지인 찬스까지 동원하여 최선의 결과를 도출해낸다. 한 번의 실패는 실패 그 자체로 끝나는 것이 아니라 그 시간에 대한 기회비용까지 포함해 두 배의 절망과 낭패감을 초래하기 때문이다.

〈사의 찬미〉 본방송을 보지 않았던 것, 그리고 나중에 열심히 '몰아보기'한 것. 이 둘은 같은 이유에서 비롯된 '배제와 선택'이었다. 편애 때문에 배제되었지만 역시 그 편애 때문에 선택된 드라마가 바로 〈사의 찬미〉(2018)인 것이다.

드라마 단막극의 부활에 대해 매우 적극적으로 지지하는 사람들이 있다. 나 역시 단막극이 TV 드라마로서 가지는 의의와 역할에 대해 전적으로 동의한다. 하지만 자고로 드라마란 열여섯 시간 이상 방영되어야 제대로 된 맛이 난다는 게 나의 생각이다. 짧고 강한 영화와는 다른, 편안하고 잔잔한 그래서 평범한 우리네 삶과 유사한 호흡을 가진 장르가 바로 드라마이기 때문이다. 사건과 인물을 집약적으로 보여주는 영화의 밀도 높은 완성도는 예술적으로 감탄할만하지만 가끔은 숨이 벅찰 때가 있다. 백 미터를 전력 질주하는 단거리 선수가 된 느낌이랄까. 스크린에 시선을 고정한 채 열심히 집중하다가 문득 이런 생각이 드는 것이다. 이렇게 앞만 보고 열심히 살 필요가 있나.

내가 생각하는 드라마의 매력은 42.195km 마라톤처럼 여유롭게 뛰면서 내 몸의 움직임도 관찰하고 주변 풍경도 감상하고 같이 뛰는 사람과 눈인사도 나누는, 그런 '슬로우 템포'에서 비롯된다. 물론 세계적인 마라톤 선수들의 평균 속력이 일반 사람이 백 미터 전력 질주하는 것보다 빠르다는 게 함정이라면 함정이랄까. 느림의 미학을 지향하는 드라마일지라도 정교한 플롯과 매력적인 캐릭터는 필수조건이다. 슬로우 슬로우 퀵 퀵.

〈사의 찬미〉는 조선 최초 소프라노 윤심덕과 그의 애인이자 천재극작가인 김우진의 비극적인 사랑 이야기를 그린 세 시간 분량의 단막극이다. 배우 이종석이 작가와의 인연으로 노 개런티 출연한다는 것 외에는 별다른 흥미 요소가 없었다. 하지만 드라마는 양적 평가로서의 시청률과 질적 평가로서의 화제성 지수에서 꽤 높은 기록을 달성하며 성대하게 막을 내렸다. 내 편애 목록에 들어 있지 않은 드라마가 호평을 받게 되면 가슴이 뜨끔하다. 원석을 알아보지 못한 '똥눈'의 비평가가 된 듯한 기분에 사로잡혀 한동안 그 드라마에서 헤어나오지 못하는 것이다.

사실 〈사의 찬미〉는 나의 주관적 취향에서 벗어나기도 했지만, 대중의 입맛에도 그리 썩 잘 맞는 작품은 아니다. 미니시리즈와 일일연속극에 익숙한 시청자들에게 낯선 단막극 형식이었고 내용은 다양한 장르에서 여러 번 각색된 실화 소재였기 때문이다. 무엇보다 불륜 아닌가. 아내가 있는 유부남과 그의 연인이 동반 자살하는 게 뭘 그리 대단하다고.

그런데 이게 어찌 된 일인지 드라마를 '몰아보기' 하는 동안 그들의 사랑이 첫사랑보다 순수하고 가슴 아프게 느껴졌다. 왜 그들은 아름다운지, 왜 이 드라마는 호평 일색인지 곰곰이 생각해보지 않을 수 없었다. 그리고 두 번 반복시청한 결과, 흥미로운 사실을 발견했다.

〈사의 찬미〉에는 '사랑'이 있어야 할 자리에 '그리움'이 자리해 있다. 두 사람의 비극적 사랑을 암시하는 '아리시마 다케오와 그의 연인의 동반자살'에 대해 윤심덕과 김우진은 "이별 후 평생을 견뎌야 할 그리움이 두려웠던" 것으로 결론 내리고, '그리움'을 관계의 구심점 삼아 서로의 주변을 계속 맴돈다.

드라마 첫 회에서 동경 유학 온 여자가 처음 배우는 노래는 "언제 돌아올지 모르는 연인을 그리워하며 부르는 노래"이며 여자와 함께 조선 순회공연을 끝낸 남자가 우수에 젖은 눈으로 읊조린 말은 "그동안 함께 했던 모든 순간이 그리울 거 같습니다"이다. 정략결혼을 앞두고 남자를 찾아온 여자는 "당신이 그랬잖아요. 내가 그립다고. 그래서 왔어요."라며 울먹이고, 사랑이 절정에 이르렀을 무렵 그들은 사랑 대신 그리움을 고백한다. "이게 무슨 소용일까요. 당신을 만나고 돌아서자마자 나는 당신이 그리운데."

그들의 사랑은 사랑이 아니다. 그리움이다. 그리움은 사랑을 소유하지 않았을 때 가능하다. 사랑이 아름다운 구속이라면 그리움은 슬픈 자유다. 아리시마 다케오의 죽음이 "삶으로부터 도망친 것이 아니라 자신답게 살기 위"한 선택이듯 그들의 동반자살은 끝이 아니라 또 다른 시작이며 유한한 육체의 삶에서 벗어나 영혼의 영원성을 향한 갈망이다.

"문학이니 조국독립인지 눈길도 주지 말고 아버지 뒤를 이을 생각만 하라"는 아버지의 강압적인 요구에 괴로워하던 김우진은 1921년 11월 26일 일기에 "나는 열렬히 자신의 운명에 대한 저주를 들었다. 이 악마의 포위 속에서 단 한 번이라도 마음의 안일을 준 것은 그녀였다."고 기록한다. 김우진에게 윤심덕은 '문학'이고 '조국독립'이며 '자유'다. 가족의 안위를 위해 정략결혼과 조선총독부의 촉탁가수 제안을 받아들여야 하는 윤심덕에게 김우진은 말한다. "당신도 쉬어요. 내 곁에서."

자유를 향한 그들의 갈망은 "지금 이 땅에 자유란 없네"라는 신극 무대의 대사와 맞물려 일제 강점기의 시대적 우울과 절망을 환기하도록 재촉한다. 그들의 만남과 이별은 남자와 여자의 로맨스이기 이전에 주권을 빼앗긴 식민지 국민이 겪어야 하는 희망과 좌절이다. 신극 대사 때문에 일본 경찰에 끌려갔다가 고문당하고 풀려난 남자를 만난 여자가 묻는다. "우진 씨, 꿈이 뭐에요?" 처음으로 서로의 마음을 확인하는 장면이다.

그들은 그렇게 서로의 '꿈'이 된다.

사랑을 그리워하고 꿈을 그리워하고 희망을 그리워하고, '그리움의 시대'인 것은 그때나 지금이나 다르지 않다. 어쩌면 〈사의 찬미〉의 매력 포인트는 바로 그 '상실의 감각'일지 모른다. 비루한 삶이

고결한 예술로 승화하는 그 찰나의 순간, 그러니까 김우진과 윤심덕의 죽음은 이루어질 수 없는 사랑의 비극적 결말이 아니라 이상향을 향한 '그리움의 완성'이다. "광막한 광야에 달리는 인생아/ 너에 가는 곳 그 어데이냐//쓸쓸한 세상 험악한 고해에/너는 무엇을 찾으려 하느냐."(노래 〈사의 찬미〉 일부) 누구나 한 움큼의 그리움은 가슴에 품고 산다.

그리워라, 내 사랑아. 잘 있어라, 내 꿈아.

4.
드라마로
세상 낯설게 보기

<라이프(LIFE)> (JTBC, 극본 이수연, 연출 홍종찬·임현욱)

지극히 낭만적인 실패를 위하여

자그마치 일 년 만이었다.

〈라이프〉(2018)와 함께 이수연 작가는 우리 곁으로 다시 돌아왔다. 1회와 2회가 방영되고 나서 시청자들은 '역시, 이수연!'이라는 감탄과 함께 드라마에 몰입하기 시작했다. 〈비밀의 숲〉(2017)을 본 사람이라면 당연히 그래야 마땅한 일 아닌가. 〈비밀의 숲〉인데 아무렴 그럼 그렇지.

짙은 그리움이 격한 반가움으로 전환되고 얼마 지나지 않아 균열이 조금씩 발견되었다. 〈라이프〉가 〈비밀의 숲〉에 못 미친다는 네티즌들의 혹평이 잇따라 등장하기 시작한 것이다. 어쩔 수 없는 일이었다. 〈비밀의 숲〉은 지금의 이수연 작가와 차기작 〈라이프〉를 탄생케 한 아버지와 같은 존재였다. 〈라이프〉를 바라보는 시청자들의 혹독한 평가는 아버지의 후광을 입고 태어난 아들이 감당해야 할 숙명이었다.

이수연 작가에게 주어진 과제는 누가 봐도 명확했다. 전작보다 뛰어난 작품을 선보이는 것. 그러니까 이제 아들이 아버지를 죽이는 일만 남은 것이다. 지난 일 년여의 시간 동안 이수연 작가는 고민하고 또 고민하였을 것이다. 아들이 왕좌에 오르는 가장 쉬운 길은 아버지와 같은 길을 가는 것이다. 제 2의 '누구'가 되는 일이 자존심 상하겠지만 누군가 걸었던 길을 가는 것만큼 안전한 길은 없다. 이수연 작가 역시 그러한 유혹에 조금은 흔들렸을 것이다. 누구보다 그녀 자신이 〈비밀의 숲〉의 성공 포인트를 잘 알고 있었을 테니까.

신인 작가의 데뷔작인 〈비밀의 숲〉이 대중적 인지도와 예술적 완성도 두 가지 측면에서 모두 아낌없는 찬사를 받을 수 있었던 까닭은 잘 만든 드라마가 늘 그렇듯 해당 장르의 관습을 적절히 잘 활용하되 새로운 변화의 지점을 적재적소에 잘 배치했기 때문이다.

한국 범죄수사드라마의 원형으로 평가받는 〈수사반장〉(1971~1989)은 '죄는 미워하되 죄인은 미워하지 않는' 한국적 정서와 맞물려 따뜻한 아버지 캐릭터를 부각시켰다. 주인공 박 반장은 범죄자들을 검거하면서도 가난 등의 이유로 범행을 저지른 그들의 안타까운 사연에 눈물을 흘렸다. 드라마는 실제 사건을 토대로 현실감 있는 이야기와 경찰관들의 휴머니즘이 잘 조화되었다는 호평을 받으며 20년이란 오랜 방영 기간 동안 많은 인기를 얻었다.

범죄수사 장르의 대가로 불리는 김은희 작가의 〈시그널〉(2016) 역시 이와 같은 한국형 범죄수사드라마의 계보에서 크게 벗어나지 않는다. 현재의 형사들과 과거의 형사가 낡은 무전기로 교감을 나누며 장기 미제사건을 해결해 나간다는 내용으로, 판타지적 요소를 차용해 현대적인 느낌을 주지만 극중 사건은 형사들의 개인적 사연과 정교하게 맞물려 있으며 사람을 움직이게 하는 것은 정의감이란 이름의 그들 관계의 역사성과 휴머니즘이다. 그러니까 한국형 범죄수사드라마의 기저에 깔려 있는 것은 사람을 감싸 안는 따뜻한 '정서', 즉 '인간적 관계'다.

〈비밀의 숲〉은 정확하게 그 지점을 전복시킨다. 한겨울 서릿바람처럼 차갑고 건조한 정의, 바로 범죄수사 장르에서 '감정'을 지워버린 것이다. 어린 시절 수술로 '감정'이 제거된 황시목 검사는 정의감이나 사건에 얽힌 과거의 사연 때문에 문제를 해결하고자 고군분투하지 않는다. 그저 검사로서 자신에게 주어진 일을 할 뿐이다. 그에게는 피해자를 향한 동정과 연민이 없는 대신 권력층 가해자를 향한 분노와 두려움도 없다. 아무 망설임 없이 황시목 검사는 검찰 내부에서 벌어지는 시스템의 문제를 파헤치며 사건의 핵심으로 전력 질주한다.

황시목 검사가 타의에 의해 감정이 제거된 인물이라면 이창준 부장검사는 자의적으로 내면의 인간성을 거세해 버린 인물이다. 그는 법의 테두리 안에서는 정의를 실현하기 어렵다고 판단하고 살인을 비롯한 온갖 범행을 저지르며 악을 처단하기 위해 스스로 '괴물'이 된다. 철저하게 악을 응징하는 또 하나의 악이 되기 위해 그는 아내를 향한 사랑을 숨긴 채 악의 축인 재벌 장인어른을 겨냥한 날카로운 비수가 되어 자살로서 생을 마감한다.

'뜨거운 이성'과 '차가운 분노'를 앞세워 〈비밀의 숲〉은 이제까지 볼 수 없었던 독특한 캐릭터와 세련된 스토리라인으로 시청자들의 마음을 사로잡았다. 드라마에서 눈물 콧물 쏙 빼면서 울고불고 절규하는 피해자나 정의감에 불타 이성을 잃는 수사관의 모습은 찾아보기 어렵다. 범죄의 지능화와 범죄자의 권력화에 발맞추어 수사관 캐릭터 또한 주도면밀하게 냉정하고 한층 대범해진 것이다.

2018년 이수연 작가의 차기작 〈라이프〉의 주요 등장인물들은 모두 인간적 관계 안에 머물러 있다. 그들은 누군가의 아들, 누군가의 형, 그리고 누군가의 친구이며 모든 인물과 사건에 '감정'과 '마음'이 흘러넘친다. 〈비밀의 숲〉을 집필한 이수연 작가의 세련된 필체는 찾아보기 어렵다. 왜 그런 것일까. 왜 아들은 아버지가 만들어 놓은 꽃길을 거부한 것일까.

2017년으로 돌아가 〈비밀의 숲〉의 마지막 장면을 떠올려보자.

구조적 불평등과 부정부패를 척결하기 위해 많은 사람이 노력했지만 결국엔 아무것도 해결되지 않았다. 일 년 후, 상황은 한층 심각해졌다. 생명의 가치는 자본 앞에 무릎을 꿇었고 미래의 의료기관은 병을 치료하는 곳이 아닌 가진 자들의 건강을 유지시켜주는 곳이 될 위기에 놓였다. 자본주의의 거센 파도는 이제 '비밀의 숲'을 지나 지금 여기 우리의 '목숨'(LIFE) 앞에 당도해 있는 것이다. 아, 죽느냐 사느냐 그것이 문제로다.

"얼마나 버틸 것인가? 기본이 변질되는 걸 얼마나 저지시킬 수 있을 것인가? 여러분 손에 달린 거겠죠, 이제."

상국대학병원에서의 마지막 날, 의료진 앞에 다시 선 구승효 사장이 한 말이다. 드라마 속 문제 상황 즉, 사회 불평등과 부정부패는 영원히 계속될 것이다. 수천 년의 인류 역사가 그것을 증명하고 있다. 이때 중요한 것은 사회를 변화시키는 우리의 힘이 아니라 사회가 절대 변화시킬 수 없는 우리의 '마음'에 있다. 그럼에도 불구하고 우리는 계속 고민하며 앞으로 나아갈 거라는 것. 그러니까 문제 해결이 아니라 그 문제를 대하는 우리의 태도에 더 큰 관심을 가져야 한다는 것, 그것이 바로 이수연 작가가 말하는 '삶'(LIFE)의 '비밀'이다.

이미 완성된 상태로 전력 질주하던 〈비밀의 숲〉 속 인물들과 달리 〈라이프〉의 주인공들은 지속적으로 실패하고 상처받고 고민한다. 그런 과정에서 남녀관계는 러브라인 이상의 의미를 가진다. 소아과 의사 이노을은 재벌재단의 대리인인 구승효 사장과 맞서기보다는 환대와 대화로 성찰을 촉구하며 그를 변화시키는 역할을 담당한다. 극중 그녀는 생물학적 여성이라기보다는 '남성성'으로 환유되는 폭력적인 권력에 대항하는 혹은 그것의 대안으로서 존재하는 '휴머니즘'을 상징하는 인물이며 그들의 관계는 표면적으로는 연인 사이지만 실상은 인간성 회복을 지향하는 인류애적 관계에 가깝다.

극중 다른 남녀 페어(pair)인 오세화 원장과 주경문 부원장에게도 유사한 경향을 확인할 수 있다. 적대자였던 그들은 나중에 함께 연대하고 성장해가는 조력자 관계로 발전한다. 그동안 범죄수사드라마에서 발견하기 힘들었던 방식이다. 추적과 복수가 아니라 성찰과 연대의 스토리라인이라니! (《라이프》는 메디컬드라마를 표방하지만 범죄수사 장르의 전형성에 많은 부분 기대어 있다.)

〈라이프〉의 마지막 장면을 기억하는가. 〈비밀의 숲〉에서 늘 혼자 지내던 황시목 검사, 아니 구승효 사장 옆에 이노을 의사가 함께 웃고 있다. (왜 황시목 검사와 구승효 사장 두 배역을 조승우라는 동일한 배우가 맡게 되었는지 곰곰이 생각해 볼 필요가 있다) 우리가 눈여겨봐야 할 것은 구승효와 이노을이 진짜 사귀게 되느냐가 아니라 그들이 지금 현재 함께 있다는 것, 바로 그들의 동행(同行) 그 자체이다.

시 한 편이 떠오른다. "흔들리지 않고 피는 꽃이 어디 있으랴. 이 세상 그 어떤 아름다운 꽃들도 다 흔들리며 피었나니 흔들리면서 줄기를 곧게 세웠나니." 열정과 냉정, 절망과 희망, 그리고 과거와 현재 사이에서 위태롭게 흔들리는 그것이 바로 우리가 사는 '인생'(LIFE)이다. 그리고 그 순간 무엇보다 제일 중요한 것은 나와 함께 있는 '누군가'의 존재다. 이것이 이수연 작가가 드라마를 통해 시청자에게 해주고 싶은 말인 동시에 내가 이 글을 통해 이수연 작가에게 해주고 싶은 말이 아닐까 싶다.

　아, 사랑, 사랑, 사랑이로구나.

\<스케치\> (JTBC, 극본 강현성, 연출 임태우)

메시아의 죽음과 남겨진 사람들
- "2020년에 다시 만나요"

안 본 사람은 있어도 한 번 본 사람은 없다. 야한 동영상 얘기가 아니다. 확고한 팬덤을 가진 범죄수사 장르를 설명할 때 꼭 나오는 말이다. 영화전문 채널로 시작한 OCN이 범죄수사드라마를 특화시킨 채널로 유명세를 얻게 된 것도 이 때문이다. 한 번 보기 시작하면 절대 헤어 나오지 못하는 것, 그것이 바로 일명 '장르물'이라고 부르는 범죄수사드라마의 매혹적인 흡인력이다. 권선징악에 대한 사회적 갈증 때문이라고 말하는 사람도 있고 악한 본성에 대한 근원적 끌림 때문이라고 해석하는 사람도 있다. 어느 쪽이든 상관없다. 전세계 최대 막강 팬덤을 자랑하는 그리스도 예수에게도 안티팬은 존재한다. 그러니 장르물을 좋아한다고 욕한다 한들 재미있으면 그뿐이고 내가 행복하면 그만이다. 죄 없는 자만 돌을 던지라.

예수 이야기가 나와서 하는 소리지만 하늘에 있는 신이 제일 좋아하는 드라마 장르는 단연코 범죄수사일 것이다. 막장드라마 탓에 TV드라마가 굉장히 비윤리적이라는 인식이 팽배하지만 그것은 오직 사적 영역인 로맨스에 해당하는 이야기다. 국가의 안녕과 사회 질서에 해당하는 공적 영역에서는 전혀 다른 성격을 보인다. 범죄수사드라마란 자고로 범인을 발견·확보하고 증거를 수집·보전하는 수사 기관의 활동을 극적으로 풀어낸 장르다. 한국은 외국과 달리 사설탐정이 존재하지 않기 때문에 모든 수사행위는 공무집행의 일환으로 묘사된다. 그러니 '나쁜 놈'은 당연히 경찰 혹은 검사의 손에 잡히고 사건은 늘 해결된다. 이렇게 윤리적인 드라마를 신이 사랑하지 않을 수가 있겠는가.

시청자 입장에서 인간세계를 내려다보는 것이 답답했던 것일까. 하늘의 신은 몸소 누추한 땅으로 내려오는 거로도 부족해 작은 브라운관, 때로는 그보다 더 작은 모바일 스크린 안으로 들어왔다. 주연 잡아먹는 화려한 까메오처럼 인간세계에 신이 등장한 것이다.

〈스케치〉(2018)에는 두 명의 신이 존재한다. 정확히는 신이라기보다는 '메시아'에 가깝다. 신적 존재라 할지라도 하늘에 있을 때는 신이라 불리지만 땅으로 내려오는 순간 인간의 모습으로 신의 메시지를 전달하는 메시아가 되니까 말이다. 유시준 검사와 유시현 형사는 미래를 볼 수 있는 예지력이 있고 그것 때문에 자신이 속한 집단에서 막강한 영향력을 행사한다. 신의 이름으로 사람들을 인도하고 통제하는 메시아의 모습과 유사하다.

남매인 두 사람은 궁극적으로 '어르신'이라는 악의 축을 설정하고 그의 범행을 막기 위해 노력하는데 그 방식이 매우 독특하다. 우선, 그들이 쫓는 것은 범죄자나 범죄현장이 아니다. 아직 일어나지 않은 범죄와 잠재적 범죄자를 찾아 해결하는 것이 그들의 활동 목적이다. 짓지도 않은 죄에 대해 회개하는 것은 평범한 사람들의 몫이다. 시간이 흘러 그들이 진짜 범죄자가 되는지, 실제 범죄가 발생하긴 하는 건지, 그런 의문들은 드라마에서 별로 중요하게 처리되지 않는다. 왜냐하면 그것은 오직 예지력을 가진 유시준과 유시현만 알고 있기 때문이다. 드라마의 부제는 '내일을 그리는 손'이다. 이때 우리에게 필요한 것은 의문이 아니라 믿음이다. 믿어라, 믿는 자에게 복이 있나니.

그런데 문제는 우리의 믿음이 아니다. 바로 신이란 존재 자체이다. 유시준과 유시현, 그들은 동일한 능력을 가지고 있지만 그것을 사용하는 방법론에 있어서는 전혀 다른 스타일을 보여준다. 유시현 형사가 자신의 예지력 때문에 친구가 죽었다고 생각하고 미안한 마음에 사람 살리는 일에 예지력을 사용한다면 유시준 검사는 자신의 예지력 덕분에 목숨을 부지한 사람이 수백 명을 죽인 범죄자가 된 것을 알게 된 후로 범죄자를 미리 처단하고 범행을 막는 것에 몰두한다. 유시현 형사의 예지력이 사람을 구하는 '사랑과 생명'의 얼굴을 하고 있다면 유시준 검사의 그것은 아직 일어나지 않은 범죄(자)를 처단하는 '죽음과 심판'의 얼굴을 하고 있다. 그들의 상반된 얼굴은 구약의 엄격한 야훼와 신약의 인자한 하나님을 연상시킨다.

야훼이든 하나님이든 한쪽만 존재했을 때는 일이 간단했다. 내 앞에 있는 그를 믿으면 되니까. 그런데 우리 앞에는 지금 두 얼굴의 신이 공존하고 있다. 과연 우리는 어떤 신에게 기도해야 하는 것일까. 사소한 바람에도 갈대처럼 흔들리는 나의 삶을 도대체 누구에게 의탁해야 한단 말인가. 당연히 사랑의 신에게 끌리지 않겠느냐고 하겠지만 안타깝게도 극중 유시현은 유시준에게 예지력 면에서 미흡한 것으로 그려진다. 후반부까지 오빠의 예지력에 압도되어 질질 끌려다니다가 아주 잠깐 비등해지고 다시 원상태로 돌아온다.

"믿음, 소망, 사랑 중에 사랑이 제일이라"라는 신의 약속을 굳게 믿고 '사랑의 메시아'를 선택하더라도 마음이 썩 개운치는 않다. 왜냐하면 유시현의 사랑이 그다지 따뜻하게 느껴지지 않기 때문이다. 극중 유시현 형사가 제일 많이 한 말은 '스케치는 틀린 적이 없어요.'이다. 뭔가 기시감이 들지 않는가. 유시준 검사 역시 비슷한 말을 자주 했다. "제가 언제 실망시켜 드린 적 있습니까?" 두 남매는 서로 다른 얼굴을 하고 있지만 결국엔 똑같은 메시지를 전달한다. 나를 믿으라. 혹은 나를 따르라.

돌고 돌아 우리는 제자리에 돌아왔다. 구약의 신과 신약의 신은 서로 다른 얼굴을 하고 있지만 애초에 그 둘은 한 권의 성경으로 유일신에 대한 믿음과 믿음의 절대성을 강조한다는 사실. 그걸 우리는 잠시 잊고 있었다.

현실은 절대 바뀌지 않는다. 설사 바뀐다 할지라도 예지력 있는 메시아, 그러니까 소수의 엘리트에 의해 바뀐다. 어디선가 김빠지는 소리가 들려온다. 도대체 우리는 왜 살아야 한단 말인가. 아니, 왜 우리가 이 드라마를 봐야 한단 말인가. 한국형 범죄수사드라마의 새로운 트렌드를 확인할 수 있는 세련된 플롯의 힙(hip)한 작품이라서? 월드스타 비의 2년만의 드라마 복귀작이라서? 2%대의 아쉬운 시청률을 기록한 것에 대해 혹자는 복잡한 스토리라인으로 인해 시청자의 중간진입이 어려웠다고 이야기한다. 하지만 그것은 서사구조의 형식 문제가 아니다. 오히려 시청자를 무기력하게 만드는 작품 메시지의 문제라고 봐야 바람직하다.

〈스케치〉의 인물관계는 선과 악의 대결도, 악을 물리치기 위한 순수 선과 악을 물리치기 위해 악이 되어버린 괴물(선)의 대결도 아니다. 그저 신과 신의 대결일 뿐이다. 인간에게 자유의지를 허락하지 않는 신들을 위한 신화. 범죄수사드라마 장르 특유의 추리하는 맛은 〈스케치〉에서 찾아볼 수 없다. 두 얼굴의 메시아가 인간이 참여할 수 있는 여지를 봉쇄해버렸기 때문이다. 답은 정해져 있고 그 답은 신만이 알고 있다. 드라마를 보는 내내 답답한 것은 한여름의 열대야 때문이 아니라 우리의 무력함을 상기시키는 현실의 거울과 마주하고 있기 때문일 것이다.

　마지막 회에 국민에 의해 새로운 미래가 도래하는 모습을 예지력를 통해 보고 유시준이 자살을 시도한 것은 신화 바깥에 위치한 인간들을 위한 배려로 해석할 수도 있다. 하지만 자신이 죽일 수 있음에도 불구하고 악의 축인 '어르신'을 살려두고 그 기회를 평범한 사람들에게 양보한 것을 과연 신의 선의로 해석할 수 있을까.

　〈스케치〉에는 악과 맞서 싸우는 사람들이 많이 등장한다. 그들은 하나같이 모두 사연이 있다. 아내가 살해당한 사람, 약혼자가 살해당한 사람, 딸이 살해당한 사람… 그들은 각자의 상처를 품고 범죄 해결에 대한 의지를 불태우는 한편 끊임없이 자신의 마음을 들여다본다. 나의 행동이 복수심에 의한 것인지 정의를 구현하기 위한 것인지. 막강한 권력을 휘두르는 신은 자신의 생각과 행동에 대해 전혀 성찰하지 않는데 나약한 인간만 홀로 남아 신화 바깥에서 반성하고 또 반성한다. 마치 자기 안에 내재된 악한 본성을 인정하기라도 하듯이. 아직 일어나지도 않은 일에 대해 회개하고 또 회개하고. 신과 함께 있으면 왜 자꾸 인간은 초라해지는지. 인간의 자유의지도 신의 빅픽처에 포함되어 있을 것 같은 불길한 예감.

　문득 두리안을 먹었던 때가 떠오른다. 천국의 맛이라 불리는 그 과일은 한 입 깨물기도 전에 지독한 오물 냄새를 풍겼다. 그건 내가 두리안의 참맛을 못 느끼는 미맹(味盲)이라서가 아니라 천국이 우리가 생각한 것만큼 썩 좋지만은 않기 때문인지 모른다. 개똥밭에 굴러도 이승이 좋다고 했다. 그러니 당당히 우리는 요구하면 된다. 신에게, 혹은 신의 이름으로 우리에게 내려온 메시아에게.

저를 그냥 좀 믿어주시면 안 될까요. 여긴 제 '나와바리'거든요.

드라마는 종영했고 우리는 이미 〈스케치〉 16부작을 다 보아버렸다.

이번 생은 이미 틀렸어, 라고 단정 짓기엔 다행스럽게도 시간이 조금 남아 있다. 극중 유시준 검사가 본 희망찬 미래는 2020년 배경이었다. 정해진 미래가 올 때까지 우리에겐 아직 시간이 남아 있다는 얘기다. 메시아도 없고 드라마 작가도 없는 그런 세상이 우리 앞에 놓여 있는 것이다. 성경에서 미래를 예언한 요한계시록이 여느 말씀들과 달리 상징이 많은 이유에 대해 우리는 가벼이 여겨서는 안 된다. 중요한 것은 메시지가 아니라 메시지를 대하는 우리의 태도이고 문제는 신이 아니라 신을 바라보는 우리의 관점이다. 우리가 상상하는 대로 우리의 미래는 바뀔 수 있다. 상징은 하나의 의미에 갇히지 않고 여러 갈래로 뻗어 나가는 땅속 깊은 뿌리와 같은 것이기에 요한계시록은 지금도 다시 쓰이는 중이다.

예수가 십자가에 못 박혀 죽음으로써 우리를 죄에서 자유롭게 했듯 유시준의 자살(시도)는 무기력에 빠진 시청자에게 '숨'을, 시청률의 늪에 빠진 〈스케치〉에게는 '구원'을 줄 것이라 믿어 의심치 않는다. 자, 2020년 〈스케치〉 시즌2 갑시다!

* 글은 이렇게 썼지만 별다른 추리 없이 유시준 검사가 끌고 다니는 대로 편하게 드라마를 보는 재미가 쏠쏠했다. 모바일로 유시준 역의 '배우 이승주'를 검색한 것이 내 유일한 열심(熱心)이었다. 아무리 봐도 이 사람이 주인공 같은데.

<보좌관> (JTBC, 극본 이대일, 연출 곽정환)

행복은 윤리적인 얼굴을 하지 않는다

신발 고치는 장인 눈에는 얼굴보다 신발이 먼저 보인다더니, 꼭 그 꼴이다. 드라마 <보좌관> 시즌 1(2019)을 보는 동안, '정치'에 대한 생각은 거의 하지 않았다. 극중 어떤 사건은 실제 사건을 모티프로 따온 게 아니냐고 할 정도로 실감을 불러일으켰고, 그런 정치적 환기력 때문에 내년 총선을 앞두고 드라마가 대중에게 미칠 영향에 대해 여야 정당에서 기대 혹은 우려를 표했다는 기사를 접하기도 하였으나, 그런 건 모두 내 관심 밖이었다. 그렇다고 정치에 아예 무관심한 것은 아니었다. 다만 내가 주목한 것은 협소한 의미의 정치가 아니라 광의(廣義)로서의 정치, 즉 우리 삶을 지탱하고 있는 모든 인간관계의 내외적 조율로서의 정치였다.

'정치의 삶'을 사는 건 특정 직업군에 속한 사람들에 국한된 것이지만 인간이라면 누구나 자신의 행복을 추구할 권리와 의무가 있기에 '삶의 정치'를 할 수밖에 없다. 내 인생의 장르가 멜로든 판타지든 혹은 범죄수사물이든 결국엔 모든 인간관계의 중심에는 내가 있고 모든 이야기는 나로 시작해 나로 끝난다. 한 마디로, 이 세상 모든 이야기가 바로 '나'의 이야기란 것이다.

그래서였다. 〈보좌관〉을 보는 내내 나는 주인공 장태준에게 몰입하기보다는 한 걸음 떨어져 지켜보았다. 그에게 감정이입을 하는 순간 드라마의 극적 재미는 증가할지 몰라도 정신건강에는 좋지 않을 거라는 확실한 예감 때문이었다. 시즌2에서 그는 국회의원이 되거나 되지 못할 것이다. 그리고 흑화된 상태로 '나쁜' 사람이 되거나 개과천선하여 다시 '좋은' 사람이 될 것이다. 혹은 어떤 명분으로 나쁜 척하는 '정의로운 사람'이다가 다시 좋은 사람으로 돌아올 것이다. 어느 쪽이든 함부로 확신할 순 없다. 고작 10회분의 시즌 1이 끝났기 때문이다. 얼마나 더 많은 드라마 회차가 남아 있는지 모르기에 드라마 작가의 마음 또는 시청자의 반응에 따라 서사 전개가 어떻게 달라질지 예단하기 어렵다.

하지만 확실한 것이 하나 있다. 장태준이 어떤 결말에 도달하든 그 과정은 매우 험난할 것이며 그로 인해 그는 '불행'할 것이라는 점이다. 드라마가 어떤 방향으로 흘러가든 장태준은 언데드(undead)의 삶이다. 그는 이성민 의원처럼 장엄하게 죽지도 못하고 송희섭 의원처럼 비열하게 살지도 못할 것이다. 선과 악, 옳음과 그름 사이에서 그는 끊임없이 방황할 것이며 시즌을 거듭할수록 그 혼란은 심화될 것이다. 그것이 바로 정치드라마에서 주인공 신분을 유지하는 데 제일 중요한 자격요건이기 때문이다.

함부로 사람을 죽이지 마라.

소설 합평 수업 시간이었고 선생님은 캐릭터를 창조하는 작가의 자세에 대해 말씀하셨다. 흔히 작품 탈고를 출산에 비유하곤 하는데, 캐릭터를 창조하는 작가는 그 인물에 대해 책임감을 느껴야 한다는 것이다. 절대자 창조주의 입장에서 등장인물을 너무 쉽게 죽여서는 안 된다는 의미였다.

영화 〈stranger than fiction〉(2006)에는 주인공을 죽이는 비극적 결말만 쓰는 소설가가 등장한다. 어느 날 그 작가에게 소설 속 등장인물이 찾아온다. 소설 주인공 헤럴드 크릭은 평범한 일상을 살던 국세청 직원으로 자신의 행동을 정확히 설명하는 어떤 여자의 목소리를 듣다가 자신이 곧 죽을 걸 알게 되고 목소리의 주인공을 찾아 나선 것이다. 얼마나 섬뜩한 일인가. 작가와 등장인물 모두에게.

바로 이 지점이었다. 〈보좌관〉의 장태준 보좌관이 드라마 작가를 찾아온다면 어떤 일이 벌어질까. 오랜 친구처럼 소주잔을 주고받으며 다정하게 이야기를 나눌까. 만나지 않았어야 할 악연과 마주한 것처럼 서로 뜨악한 얼굴로 노려볼까. 이런 발칙한 상상은 신과 인간 사이에서도 가능하지 않을까 싶다. 가끔 하늘에서 내려다보는 절대자 창조주의 시선을 상상해보곤 한다. 신의 눈에 나는 어떤 모습일까. 듣는 것만으로도 오글거리는 이 물음은 종교적인 색채가 강해 보이지만 사실 그 이면에는 반종교적인 의도가 숨어 있기도 하다. 영화 〈사바하〉(2019)에서 깊은 여운을 남긴 박 목사의 마지막 독백처럼 말이다.

"당신은 어디에 있나이까?"

박 목사와 장태준 보좌관 둘 다 배우 이정재가 연기했다는 건 우연한 일치일까. 두 사람은 직업, 나이, 성격 등 모두 다르지만, 이상적인 무언가를 갈구했다는 점에서 동일하다. 하늘에 계신 신의 눈에 〈보좌관〉의 장태준은 어떤 모습일까. 온갖 역경과 고난에도 세상을 변화시키고자 노력하던 그가 "잠깐만 눈을 감으라"고, "한 번만 용서해"달라고, "어떤 선택을 하든 끝까지 믿어"달라고 애원하는 걸 보면 어떤 생각이 들까. 나는 신에게 묻고 싶다. 당신의 피조물인 장태준은 지금 행복합니까. 아니, 앞으로 그는 행복해집니까.

나에게 중요한 것은 장태준이 국회의원이 되는지 혹은 세상을 바꾸는지 여부가 아니다. 나는 그가 행복한지 아닌지 그것이 궁금하다. 어떤 삶을 살고 싶은가요. 혹은 어떤 사람이 되고 싶은가요. 라는 질문에 대해 사람들은 제각기 다른 답을 내놓겠지만 결국엔 그 모든 답은 '행복'으로 수렴된다. 행복이란 목적지를 향해 우린 서로 다른 방향의 길을 걷고 있을 뿐이다. 여기에서 주목할 것은 정치의 삶이 아니라 '삶의 정치'다. 그런 의미에서 '세상을 움직이는 사람들'이라는 부제를 가진 드라마 〈보좌관〉은 '행복'에 도달하는 서로 다른 방법론을 제시해준다. 세상을 움직여 자기만의 행복을 추구하는 사람들이랄까.

안타깝게도 주인공 장태준은 행복에 실패한 사람이라는 게 나의 생각이다. 그가 국회의원이 되고, 그가 꿈꾸는 "모두가 잘 사는 세상"이 된다고 해서 그가 반드시 행복하리라고 확신할 순 없다. 행복은 성적순이 아니지 않은가. 어쩌면 성적순인 게 차라리 나은지 모른다. 나 혼자 노력만 하면 될 테니까. 하지만 안타깝게도 행복의 공식은 그리 간단하지 않다. 행복은 '나'와 수많은 변수와의 '관계'에서 탄생한다. 나와 나 자신, 나와 타인, 나와 사회 등 다양한 관계 맺기를 어떻게 하느냐에 따라 삶의 밀도와 행복의 강도가 결정되는 것이다. 그런데 그는 모든 관계에서 실패한 것으로 보인다.

우선, 그는 자기 자신과 충돌하고 반목한다. 극 초반 그는 이성민 의원과 의기투합하여 "깨끗하고 공명한 나라"를 만들기 위해 고군분투한다. 하지만 힘이 없으면 아무것도 바꾸지 못한다는 깨달음에 송희섭 의원의 비리를 눈감아 주는 대신 보궐선거 공천권을 따낸다. 송희섭 의원 앞에 무릎 꿇고 앉아 그가 건네주는 독주를 힘겹게 들이킨 그는 "내 세계를 깰 수 없다면 누군가에게 먹힐 뿐"이라며

이를 악물고 수치심과 분노, 그리고 슬픔을 참아낸다. "빛을 밝히려면 어둠 속으로 가야 한다"고 되뇌며 흑화하는 그의 위악적 행보는 "내딛는 발걸음마다 후회가 찍혔다."라는 그의 슬픈 고백과 맞물려 그가 얼마나 내적 갈등에 고통스러워하는지 잘 보여준다.

또한, 그는 타인과의 관계에서도 성공적이지 못하다. 정신적 멘토였던 이성민 의원은 그의 과오(선거 캠프 당시 받은 불법 선거자금) 때문에 자살하고 그를 이끌어줄 송희섭 의원과의 관계는 늘 위태롭다. 이성민 의원이 신념에 의해 움직이는 정의로운 인물이라면 송희섭 의원은 타인과의 모든 관계를 이해(利害)로만 바라보는 권모술수에 능한 기회주의적인 사람이다. 송희섭 의원은 여러 차례 위기를 겪지만, 그때마다 상대방의 약점을 공격하는 비열한 방법으로 상대를 제압하고 법무부 장관이 되어 권력의 중심에 선다. 그런 송희섭 의원에게 장태준은 필요할 때 쓰고 버리는 일회용 인간에 불과하다.

연인이었던 강선영 의원과는 정치적 노선의 차이로 곧 헤어질 예정이며 자신을 믿고 따르던 후배들과의 관계 역시 불안하다. 그를 롤모델로 삼았던 인턴 한도경은 "여기서 끝까지 살아남아서 보좌관님이 틀렸다는 걸 증명하겠습니다"라고 선전포고까지 하는 지경에 이르렀으니 장태준으로서는 송희섭을 얻은 대신 그를 제외한 모든 걸 잃은 셈이다. 멘토도, 연인도, 조력자도, 그리고 자신의 신념도.

드라마를 보는 내내 내 시선을 끈 것은 장태준이 아니라 송희섭이었다. 극 중 모든 등장인물을 통틀어 그가 제일 행복해 보이는 것은 왜일까. 그에게는 달성해야 할 목표만 있을 뿐, 세상을 바꾸겠다는 사명감도 누군가의 존경과 신뢰를 받아야겠다는 명예욕도 없다. 그는 그저 앞으로 나아갈 뿐이다. 옆을 두리번거리지도 않고 뒤를 돌아보지도 않는다. 오로지 자기 자신에 충실하다. 달면 삼키고 쓰면 뱉는다. 그 어떤 고민도 죄의식도 없다. 그는 홀로 완벽하다.

신이여, 당신은 어디에 있나이까. 행복은 윤리적인 얼굴을 하지 않는다.

<모두의 거짓말> (OCN, 극본 전영신·원유정, 연출 이윤정)

선을 넘는 사람들, 내가 제일 싫어하는데

2018년 2월, 특이한 방식으로 대중들의 이목을 사로잡은 드라마가 있었다. 이름하여, '이재용' 드라마. 박근혜 전 대통령에게 '시크릿가든'과 길라임이 있다면 이재용 삼성전자 부회장에게는 '황금빛 내 인생'이 있다랄까. 올림픽 중계 때문에 드라마가 결방한다는 소식이 "이재용도 챙겨본 '황금빛 내 인생' 평창 동계올림픽 중계로 결방"이라는 제목으로 기사가 실릴 정도였다.

당시 이재용 부회장은 구치소에 있었다. 거기에서 생활하는 동안 그는 드라마에 등장하는 재벌의 '갑질' 장면을 보고 국민이 생각하는 재벌 오너 일가란 이런 모습이구나, 하고 충격을 받았다고 한다. 최후 진술에서 그는 "평소 제가 생각했던 것보다도 훨씬 더 많은 혜택을 받은 사람이구나, 누린 사람이구나 새삼 느끼게 되었습니다"라며 "대한민국에서 저 이재용은 우리 사회에 제일 빚이 많은 사람이라 생각합니다"라고 말했다고 전해진다.

왕관을 쓰려는 자, 그 무게를 견디어라.

세계적인 극작가 셰익스피어가 남긴 명언으로 왕관을 쓴 자는 명예와 권력을 가지지만 그에 걸맞은 막중한 책임 또한 감당해야 한다는 뜻이다. 도대체 그 무게가 어느 정도이기에 견디라고 하는 걸까. 이재용 부회장이 들으면 황당하겠지만 드라마 장르에 따라 재벌 재현 양상이 다르고 재벌을 향한 대중의 기대도 다르다. 왕관이라고 해도 다 같은 왕관이 아니고 그 무게 또한 복불복이란 소리다.

로맨스 장르에서 재벌은 사랑하는 여자를 위해 몸과 맘, 그리고 돈을 모두 아낌없이 퍼주는 로맨틱한 남자다. 그런 까닭에 돈이 많을수록 여자를 향한 그의 순정은 더욱더 가치를 인정받는다. 하지만 범죄수사 장르에서의 재벌은 성공과 쾌락을 위해 살인과 협박, 부정부패를 일삼는 냉정하고 이기적인 사이코패스다. 직책이 높을수록 그는 더욱 악랄하고 비열하게 그려진다.

비서를 윽박지르는 행위도 로맨스 장르에서는 친근한 관계에서 발생한 귀여운 투정이지만 범죄수사 장르에서는 약자에게 행한 무자비한 횡포이자 갑질이 된다. 하이틴 로맨스 드라마 〈상속자들〉(2013)의 호텔 상속자 최영도가 범죄액션 영화 〈베테랑〉(2014)의 재벌 3세 조태오와 다른 점이 무엇이란 말인가. 그저 출연하는 장르가 다를 뿐. 조태오 입장에서 보면, 거 참 "어이가 없네."

다행인지 아닌지 요즘 장르의 경계가 점점 허물어져 가는 추세다. 최근 종영된 두 드라마 〈보좌관〉 시즌 2(2019)와 〈모두의 거짓말〉(2019)은 하나는 정치드라마이고 다른 하나는 범죄 수사드라마이기에 표면적으로는 전혀 다른 이야기를 하는 것처럼 보인다. 하지만 두 드라마는 재벌기업에 의한 환경오염과 그로 인한 마을 주민들의 집단적인 사망, 그리고 그것을 은폐하려는 정경유착 세력에 맞서는 사람들의 이야기를 다룬다는 점에서 작품의 결이 매우 비슷하다. 두 드라마를 한 단어로 요약하면 바로 '재벌 죽이기'다.

인간은 모두 죽는다지만 꼭 죽어야 하는 사람이 있다면 그건 바로 한국드라마 속 재벌이다. 그들은 부도덕하고 이기적이기에 늘 공공의 적이 되어 죽임을 당한다. 그 죽음이란 게 공들여 키운 회사가 무너진다거나 막대한 권력을 잃게 되는 등 '상징적인' 죽음이 대부분이지만 그들의 죽음이 항상 그렇게 추상적이거나 관념적이지만은 않다.

로맨스드라마 〈별에서 온 그대〉(2013)의 재벌 2세 이재경 상무는 그룹 후계자가 되기 위해 친형까지 살해하는 사이코패스로 등장해 아버지에게조차 버림받고 교도소에 평생 간힌다. 범죄 수사드라마 〈보이스〉 시즌 1(2017)에서 재벌 2세 모태구는 살인에 재미를 느끼는 사이코패스인데, 정신병원에 감금된 채 자신을 담당한 사이코패스 의사에게 잔인하게 살해당한다. 이렇듯 장르를 뛰어넘어 재벌의 수난은 점점 혹독해지는 양상을 보인다. 신기하게도 모든 변화의 중심에는 '육체적' 고통이 있다. 그중 〈모두의 거짓말〉은 가장 강렬한 인상을 남긴 작품으로 기억될 듯싶다. 재벌 죽이기의 끝판왕이랄까.

극중 재벌 2세 정상훈 대표는 납치·감금되는 거로 부족해 살아 있는 채로 신체가 여러 차례 절단되고 마지막엔 안락사를 당한다. 그런데 여기에서 주목할 것은 재벌을 죽이는 방식의 폭력성과 선정성이 아니다. 진짜로 중요한 것은 그 방식에 숨겨진 진실이다. 마지막 16회에 밝혀지는데, 모든 일의 배후에는 정상훈 대표 본인이 있었다. 잔혹한 살해 방식을 계획한 것도 그 자신이었다. '악덕 재벌' 아버지를 막을 수 있는 유일한 방법은 이것밖에 없다고, 지금까지 했던 방법으로는 절대 아버지를 막을 수 없기 때문이라고 그는 설명한다.

자기 자신을 제물 삼은 정상훈 대표의 자발적 희생은 드라마 속 재벌을 '죽임을 당하는 타자'에서 '스스로 죽음을 선택하는 주체'로 전환한다는 점에서 '재벌 죽이기' 서사의 새로운 지평을 여는 듯 보인다. 성찰하고 반성하는 재벌이라니! 단순 자살이 아닌 신체 훼손과 안락사라는 극단적인 방식을 택한 만큼 회개의 강도는 매우 높아 보인다.

하지만 딱 여기까지였다. 〈모두의 거짓말〉을 잔인하긴 하지만 꽤잘 만든 드라마라고 이야기할 수 있는 것은. 공공의 선을 위해 성찰하고 희생하는 재벌의 출현. 이렇게만 이해하고 넘어가면 좋았을 텐데, 자꾸만 마음에 걸리는 것이 있었다.

정영문 회장에게는 정상훈이란 이름의 어린 아들이 있었다. 하지만 그 아들이 사고로 죽자 정영문 회장은 상실감을 이기지 못하고 보육원에서 아들과 닮은 아이를 데려와 아들의 이름을 붙여준다. 그 아이가 바로 유은성이다. 극중 정상훈 대표라고 불리는 남자는 정상훈의 삶을 사는 유은성이다. 고로 정상훈은 정상훈이지만 정상훈이 아니다.

고아 유은성이자 재벌 후계자 정상훈인 그 남자는 범행을 공모한 보육원 친구 영민에게 정상훈이 죽어야 하는 이유에 대해 이렇게 말한다. "온 세상을 주목시킬 수 있는 서희를 진실에 다가가게 할 그런 사람, 아버지가 절대 잃고 싶어 하지 않아 하는 유일한 사람. 그런 사람을 이용해야 해." 그 남자가 이용하고자 한 사람은 누구일까. 유은성일까 정상훈일까. 당연히 재벌 후계자 정성훈이다. 고아 유은성은 정상훈이란 이름을 '이용'해 재벌 후계자 정상훈의 안구를 적출하고 손과 발을 자르고 마지막에는 안락사시킨다.

오, 마이 갓! 이건 자살이 아닌 타살이다. 그것도 아주 잔혹한.

방송통신심의위원회는 절단된 손을 일부 흐림처리해 보여주거나 적출된 안구를 발견하고 놀라는 내용 등을 청소년 시청 보호 시간대에 방송한 것에 대해 드라마 제작진에게 '의견진술'을 결정했다고 한다. 그런데 이건 단순히 이미지 재현의 문제만은 아니다.

모두의 거짓말. 여기에서 '모두'는 누구를 의미하는 것일까. 정영문 회장, 인동구 실장, 진영민 대표, 유대용 팀장… 드라마가 진행되면서 하나둘씩 등장인물의 거짓말과 숨은 의도가 들춰진다. 그리고 모두가 해피엔딩인 줄 알고 있을 때 그 '모두'에 우리 역시 포함되어 있다는 사실 역시 깨닫게 된다. 정상훈을 죽인 건 정상훈이지만 정상훈이 아니다. 우리는 무엇을 모른 척하고 무엇을 숨긴 것일까. 도대체 어떤 거짓말을 한 것일까.

자살로 위장된 정상훈의 타살은 단순히 재벌 후계자의 죽음을 의미하지 않는다. 악을 물리치기 위해 '괴물'이 되어버린 善이 요즘 핫한 트렌드라지만 이건 해도 해도 너무 '선'을 넘는 느낌이다. 정영문 회장에게 정상훈은 소중한 아들이고 아내 서희에게는 소중한 남편이다. 그 어떤 명분이라 할지라도 누군가로부터 소중한 '사람'의 목숨을 빼앗는 것을 정당화할 수 없다.

잔혹하게 훼손된 남편의 시체 앞에서 절규하던 아내 서희의 모습이 자꾸만 눈에 밟힌다. 재벌 후계자 아내이자 4선 국회의원 아버지를 둔 서희. 부와 명예, 모든 걸 다 가진 사람이라고 해서 그녀의 눈물이 가벼이 외면당해야 하는 걸까. "슬픔마저 차별받아선 안 된다." 세월호 사건 때 실종된 베트남 이주여성 가족의 이야기를 다룬 소설 〈세월〉의 한 구절이다. 극과 극은 통하는 법이다. 이렇게 우리는 또 한 건의 완전 범죄를 꿈꾸고 있다.

당신이 사는 그 집은 안녕하십니까

몇 년 전, 나는 언론을 통해 접한 여러 사건 때문에 인간 혐오에 시달리고 있었다. 너무나 비상식적이고 비윤리적인 일들이 벌어졌고 그 사건들에 대해 불특정 다수의 사람이 보인 언행들에 다시 한번 실망하게 되는 일들이 연달아 발생했다. 그때 내 안 깊숙한 곳에서부터 스멀스멀 올라오는 무언가가 있었다. 그건 단순히 짜증이나 분노와 같은 감정은 아니었다.

불안감? 두려움? 세상과 사람들에게 절망할수록 나는 나 자신을 향한 환멸을 동시에 느꼈다. 내가 그들과 다를 게 뭐란 말인가. 내 안에 내면화된 차별과 억압의 증거들이 나를 끈질기게 괴롭혔다. "너희 중에 죄 없는 자가 먼저 돌로 치라." 내 안에 있는 부도덕과 비윤리와 비상식, 그리하여 악의 무한한 잠재력을 나는 부정할 수 없었다. 매일 밤 나만의 오답 노트를 쓰다 보면 뜬눈으로 밤을 새우기 일쑤였다. 그렇게 나는 하루하루 늙어가며 내 안의 악도 쇠약해지길 바랐다.

지금 나는 신문기사에 실릴 정도로 악인이 되진 않았지만 여전히 불안하다. 삼십 대의 마지막 모퉁이를 지나가기 전에 시즌제 미국드라마 〈아메리칸 호러 스토리〉(이하 〈아호스〉)을 보겠다고 '결심'한 것은 그 때문이었다. 나의 불완전함을 평생 영원히 완전하게 숨긴 채 살 수는 없을까.

"이 에미상 수상 작품은 인간이 가지고 있는 사악한 근성을 탐구하는 동시에 인간이 느끼는 초자연적인 두려움과 일상 속의 공포를 조명한다."

인간이 가지고 있는 사악한 근성을 탐구한다니. 넷플릭스에 적힌 드라마 소개 글이 너무나 매혹적이었다. 어떤 유혹에도 흔들리지 않는 나이가 불혹(不惑)이라고 했건만. 나는 다시금 내 안의 불완전함과 마주하며 마우스를 열심히 클릭했다. 시즌9(2011~2019)까지 보려면 부지런해야 했다.

설마가 사람 잡는다고. 나의 예상은 틀리지 않았다. 드라마를 보는 내내 '악이란 무엇인가'라는 거대한 질문은 '나는 악한가'라는 소심한 의심으로 전환되고, '두려움이란 무엇인가'라는 심오한 질문은 '나는 두려운가'라는 내 안의 불안함으로 전이되었다. 아무리 생각해봐도 악에 관한 인간의 탐구 정신은 초월적 존재나 기묘한 세상에 대한 궁금증이라기보다는 자기 자신을 향한 불신에서 비롯된 것이 분명했다. 그렇지 않다면 〈아호스〉를 봤던 일주일 동안 내가 악몽에 시달릴 까닭이 없었다. 아, 정녕 이번 생은 틀렸단 말인가.

'천릿길도 한 걸음부터'라는 마음으로 시즌 1을 되짚어 나가기로 했다. 착해질 수 없다면 악해지지 않으면 된다. 이게 무슨 말장난이냐 싶겠지만 착하지 않은 것과 악한 것은 완전히 다르다. 그럼 그럼, 이게 어떻게 같을 수가 있나.

〈아호스〉 시즌 1의 줄거리는 간단하다. 아버지의 외도로 엉망진창이 된 집안 분위기를 타파하기 위해 새로운 동네로 이사를 오게 된 세 가족의 이야기. 1920년대 지어진 고풍스러운 저택을 헐값에 산 것을 기뻐한 것도 잠시, 알고 보니 그 집은 '저주받은 집'이었고 다크투어 가이드가 관광객을 이끌고 와서는 그 투어의 하이라이트라고 소개할 정도로 악명이 높았다. 나중에 엄마 비비엔은 집에 얽힌 사연을 알기 위해 다크투어에 참여하는데, 이때 알게 된 비극적 사건들은 모두 그녀와 그녀의 가족이 겪게 될 비극과 연결된다.

드라마 속 모든 공포의 기원은 과거에 발생한 살인사건'들'이다. 드라마는 매회 같은 형식으로 진행되는데, 과거의 어떤 사건을 보여주고 그다음에 현재 그로 인해 어떤 일이 벌어지는지 보여주는

식이다. 과거의 결과로서 현재가 펼쳐지는 느낌이랄까. 과거에서 현재로 이어지는 단선적 시간관에 개연성을 부여해 '인과응보'라는 무시무시한 저주를 내리는 것이다.

사실 '과거의 저주'는 우리에게 아주 익숙한 서사 패턴이다. 미국인에게 〈아호스〉가 있다면 한국인에게는 〈전설의 고향〉이 있다. 1977년 '마니산 효녀'를 시작으로 2000년대 초반까지 방영된 〈전설의 고향〉 시리즈는 한국 드라마 역사에서 공포·스릴러 장르의 선구자적 역할을 담당하였다. 한여름의 뜨거운 열기 속에서도 전설의 고향을 보고 있노라면 등골이 오싹해졌던 기억이 난다. "나 때는 말이야."

'전설'로 남은 〈전설의 고향〉 역시 원혼의 복수, 즉 과거에서 시작된 비극이 주된 모티프였다. 탈탈 털어 먼지 안 나는 사람이 어디 있겠는가. 백이면 백 모두 벌벌 떨게 되어 있다. 말이든 행동이든 그 무언가가 누군가에게 상처를 주고 그 상처가 다시 나를 옭아맨다. 엄마 미안해. 아빠 미안해. 말미잘 미안해. 인간 혐오의 칼날은 제일 먼저 나를 향했어야 했다. 오, 신이시여, 나를 죽여주소서.

이대로 고해성사를 끝내기엔 너무 이른 것이었을까. 〈아호스〉 시즌1의 진정한 공포는 극 후반부에 나오는 '아기 쟁탈전'에서 절정에 이른다. 엄마 비비안이 임신하고 얼마 지나지 않아 아기를 출산한다. 이때 이제까지 드라마에 등장했던 모든 사람이 한자리에 모인다.

갑작스레 아기를 낳게 된 비비안과 벤은 당황하지만 지금 이 순간을 기다렸다는 듯 의사와 간호사들이 등장하여 아기의 탄생을 돕는다. 그들은 과거로부터 호출된 사람들로, 괴한에게 살해당한 간호사들과 아내에게 살해당한 낙태 전문의사다. 죽은 자와 산 자 사이의 평화도 잠시, 태어난 아기를 두고 과거와 현재 사람들 사이에서 쟁탈전이 벌어진다. 아기를 갖길 원했지만 갖지 못했던 게이 커플, 아빠 벤과의 혼외관계로 임신했지만 살해당한 여제자, 낙태 전문의사로 활동한 남편 탓에 아이를 유괴당한 아내… 그들은 서로 다른 사연을 가진 채 아기를 데려가길 원한다.

모두가 탐냈던 그 아기는 과연 누구의 품에 안겼을까. 과거의 죽은 사람들일까, 현재 살아 있는 부모일까. 아기를 둘러싼 죽은 자와 산 자의 싸움은 '그냥' 아기 쟁탈전이 아니다. 죽음과 삶 사이에서, 과거와 현재 사이에서 그들은 새로운 생명, 새로운 삶, 그러니까 새로운 '미래'를 소유하기 위해 치열하게 싸운다. 아직 당도하지 않은 우리의 미래는 과연 어떤 모습일까. 우리가 지나온 어제일까. 지금 걷고 있는 오늘일까.

어제와 오늘의 죽고 죽이는 경쟁 끝에 아기는 '콘스탄스'라는 여자의 손에서 길러진다. 콘스탄스로 말할 것 같으면, 살아 있으나 죽은 자와 같은 '산 사람'이다. 죽지 않았다는 점에서 과거에 살해당해 죽은 자들과는 구분되지만 '저주받은 집'에 집착하고 그곳을 떠나지 못한다는 점, 그러니까 과거에서 벗어나지 못한 채 늘 과거와 같은 삶을 살고 있다는 점에서 죽은 자와 다르지 않다. 결국, 미래는 과거도 현재도 아닌 '과거에 저당 잡힌 현재'의 영향력 아래 놓인다.

어쩌면 우리는 입버릇처럼 불확실한 미래가 두렵다고들 하지만 속으로는 돌이킬 수 없는 과거를 더 무서워하는지도 모른다. 희망과 기대를 품고 이사를 왔던 세 가족은 모두 죽은 자가 되어 그 집에 갇히고 만다. '저주받은 집'은 흘러간 날들과 지나간 사람들, 그리고 예전에 저질렀던 과오에서 헤어나오지 못하는 우리 자신에 대한 메타포인 셈이다.

그리하여 〈아호스〉에서 우리가 목격해야 할 진정한 공포는 나의 악함에 대한 발견이 아니라 나의 선함에 대한 체념이다. 악은 내 안의 절망과 후회, 그리고 무기력을 먹고 무럭무럭 자라난다. 콘스탄스 손에 길러진 그 아기가 어떻게 되었던가. 자신을 보살펴주던 베이비시터를 잔혹하게 살해하고 천진난만하게 활짝 웃지 않았던가. 악은 태어나는 것이 아니라 만들어진다. 나 자신을 포기하는 순간 불행은 시작된다. 그렇게 비극은 밖이 아니라 안에서 일어난다.

자, 있는 힘껏 외쳐보자. 단짠! 단짠! 이건 음식에만 적용되는 마법의 공식이 아니다. 인생도 살맛이 나려면 단맛과 짠맛의 균형이 맞아야 한다. 회개와 반성의 눈물로 얼룩진 인생의 오답 노트 한쪽에 달콤한 버킷리스트 몇 개쯤 써놓아 보자. 산티아고 순례길 걷기

나 오로라 보기, 또는 달콤한 밀크셰이크에 짭조름한 감자튀김 찍어 먹기.

자학하는 마음으로 오답 노트 쓰기에 중독된 나머지 인생의 달콤한 맛이 떠오르지 않는다고, 조급해하거나 절망할 필요는 없다. 다행이지 않은가. 〈아호스〉를 시즌9까지 다 보려면 우리에게는 아직 시간이 충분하다.

내 나이 마흔, 이제부터 다시 시작이다.

부록. 엔딩 크레딧

드라마가 끝나고 크레딧이 다 지나갈 때까지 자리를 지키는 시청자는 거의 없다. 중간광고가 나오는 '60초' 동안에도 화장실을 가거나 마실 물을 가지러 가는 사람이 대부분인 마당에 엔딩 크레딧을 참을성 있게 지켜보고 있을 사람이 도대체 누구란 말인가. 명단에 이름을 올린 제작진이 아니라면.

그래서 하는 말인데, 이 책에 수록된 글은 나 김민정이 한 글자씩 정성 들여 쓴 글이 분명하지만 혼자 다 썼다고 하기엔 왠지 멋쩍고 민망스럽다. 중요한 건 역시나 겉이 아니라 속이고 밖이 아니라 안이다. 시원하게 드라마 보라고 텔레비전을 큰 사이즈로 바꿔주신 '김남정'님과 손 내밀면 언제든 선뜻 리모컨을 내어주신 '박윤숙'님께 '오늘도 우리 행복하자'라는 감사 인사를 건네고 싶다.

나란 존재는 그들의 만남에서 시작되어 그들의 돌봄 아래 지금까지 건강하게 살 수 있었다. 실제 나이보다 4년 젊은 뇌·심혈관을 갖게 된 것은 모두 그들 덕분이었다. 수시로 내가 놓치고 마는 나의 정신건강 또

한 그들이 없었다면 절대 무사하지 못했을 것이다. 내게 아주 소중한 두 분이 이 책의 숨은 저자다. 아이 러브 유 쏘 머치.

아차차. 엔딩 크레딧에 후원사가 빠지면 섭섭한 법이다.

매달 드라마 리뷰를 연재하며 성실하게 드라마를 연구할 수 있는 토대를 만들어주신 문화전문지 〈쿨투라〉와 도서출판 작가, 그리고 손정순 대표님께 감사 인사를 전하고 싶다. 이 책에 수록된 글들은 〈쿨투라〉에 연재한 글들을 정성껏 다듬어 세상에 내놓은 것이다. 감사한 마음과 함께 마감 날짜 잘 지키는 사랑스러운 작가가 되겠다고 올해 또 굳게 결심해본다.

끝날 때까지 끝난 게 아니다.

내 인생의 협찬 목록에서 도저히 빼놓을 수 없는 사람이 있다.

이 책을 지금 가지고 있는 그대, 당신, 그리고 여러분.

(   )님을

내가 사랑하고 사모하고 존경하고 또 고마워하고 있다는 걸 꼭 알아주면 좋겠다. 세상에 좋은 말들을 모두 다 모아 당신에게 드리고 싶다.

새해 복 많이 받으세요.

생일 축하해요.

메리 크리스마스.

소중한 그대, 다음에 또 만나요.